BRUTUS,

TRAGÉDIE,

Représentée pour la première fois, par les Comédiens ordinaires du Roi, le 11 Décembre 1730.

A PARIS,

Chez DUCHESNE, Libraire, rue Saint Jacques, au Temple du Goût.

M. DCC. LXII.

DISCOURS SUR LA TRAGÉDIE, A MILORD BOLINGBROOKE.

De la rime & de la difficulté de la versification Française. Tragédies en prose. Exemples de la difficulté des vers français. La rime plaît aux Français mêmes dans les Comédies. Caractère du Théâtre Anglais. Défaut du Théâtre Français. Exemple du Caton Anglais. Comparaison du Manlius de M. de la Fosse avec la Venise de M. Otway. Examen du Jules-César de Shakespear. Spectacle horrible chez les Grecs. Bienséances & unités. Cinquième acte de Rodogune. Pompe & dignité du spectacle dans la Tragédie. Conseils d'un excellent critique. De l'amour.

SI je dédie à un Anglais un Ouvrage représenté à Paris, ce n'est pas, MILORD, qu'il n'y ait aussi dans ma patrie des juges très-éclairés, & d'excellens esprits auxquels j'eusse pu rendre cet hommage. Mais vous savez que la Tragédie de Brutus est née en Angleterre : vous vous souvenez que, lorsque j'étais retiré à Wandsworth, chez mon ami M. Fakener, ce digne & vertueux citoyen, je m'occupai chez lui à écrire en prose Anglaise le premier acte de cette pièce, à peu près tel qu'il est aujourd'hui en vers Français. Je vous en parlais quelquefois, & nous nous étonnions qu'aucun Anglais n'eût traité ce sujet, qui de tous est peut-être le plus convenable à votre théâtre. * Vous m'encouragiez à continuer un ouvrage susceptible de si grands sentimens. Souffrez donc que je vous présente BRUTUS, quoiqu'écrit dans une autre langue, *docte sermones utriusque linguæ*, à vous qui me donneriez des leçons de Français aussi bien que d'Anglais, à vous qui m'apprendriez du moins à rendre à ma langue cette force & cette énergie qu'inspire la noble liberté de penser; car les sentimens vigoureux de l'ame passent toujours dans le langage, & qui pense fortement, parle de même.

Je vous avoue, MILORD, qu'à mon retour d'Angleterre, où j'avais passé près de deux années dans une étude continuelle de votre langue, je me trouvai embarrassé, lorsque je voulus composer une tragédie Française. Je m'étais presque accoutumé à penser en Anglais; je sentais que les termes de ma langue ne venaient plus se présenter à mon imagination avec la même abondance qu'auparavant; c'était comme un ruisseau dont la source avoit été détournée; il me fallut du tems & de la peine pour le faire

* Il y a un Brutus d'un Auteur nommé Lée; mais c'est un Ouvrage ignoré qu'on ne représente jamais à Londres.

couler dans son premier lit. Je compris bien alors que pour réussir dans un art, il le faut cultiver toute sa vie.

Ce qui m'effraya le plus en rentrant dans cette carrière, ce fut la sévérité de notre poësie, & l'esclavage de la rime. Je regrettais cette heureuse liberté que vous avez d'écrire vos tragédies en vers non rimés, d'allonger, & sur-tout d'accourcir presque tous vos mots, de faire enjamber les vers les uns sur les autres, & de créer dans le besoin des termes nouveaux, qui sont toujours adoptés chez vous, lorsqu'ils sont sonores, intelligibles & nécessaires. Un poëte Anglais, disais-je, est un homme libre qui asservit sa langue à son génie; le Français est un esclave de la rime, obligé de faire quelquefois quatre vers, pour exprimer une pensée qu'un Anglais peut rendre en une seule ligne. L'Anglais dit tout ce qu'il veut, le Français ne dit que ce qu'il peut. L'un court dans une carrière vaste, & l'autre marche avec des entraves dans un chemin glissant & étroit.

Malgré toutes ces réflexions & toutes ces plaintes, nous ne pourrons jamais secouer le joug de la rime; elle est essentielle à la poësie Française. Notre langue ne comporte point d'inversions: nos vers ne souffrent point d'enjambement: nos syllabes ne peuvent produire une harmonie sensible par leurs mesures longues ou bréves : nos césures & un certain nombre de pieds ne suffiraient pas pour distinguer la prose d'avec la versification ; la rime est donc nécessaire aux vers Français. De plus, tant de grands maîtres qui ont fait des vers rimés, tels que les Corneilles, les Racines, les Despréaux, ont tellement accoutumé nos oreilles à cette harmonie, que nous n'en pourrions pas supporter d'autres ; & je le répéte encore, quiconque voudrait se délivrer d'un fardeau qu'a porté le grand Corneille, serait regardé avec raison, non pas comme un génie hardi qui s'ouvre une route nouvelle, mais comme un homme très-faible qui ne peut pas se soutenir dans l'ancienne carrière.

On a tenté de nous donner des tragédies en prose ; mais je ne crois pas que cette entreprise puisse désormais réussir ; qui a le plus ne saurait se contenter du moins. On sera toujours mal venu à dire au public, je viens diminuer votre plaisir. Si au milieu des tableaux de Rubens ou de Paul Veronese, quelqu'un venait placer ses desseins au crayon, n'aurait-il pas tort de s'égaler à ces peintres ? On est accoutumé dans les fêtes à des danses & à des chants ; serait-ce assez de marcher & de parler, sous prétexte qu'on marcherait & qu'on parlerait bien, & que cela serait plus aisé & plus naturel ?

Il y a grande apparence qu'il faudra toujours

des vers ſur tous les théâtres tragiques, & de plus toujours des rimes ſur le nôtre. C'eſt même à cette contrainte de la rime, & à cette ſévérité extrême de notre verſification que nous devons ces excellens Ouvrages que nous avons dans notre langue. Nous voulons que la rime ne coûte jamais rien aux penſées, qu'elle ne ſoit ni triviale ni trop recherchée; nous exigeons rigoureuſement dans un vers la même pureté, la même exactitude que dans la proſe. Nous ne permettons pas la moindre licence; nous demandons qu'un Auteur porte ſans diſcontinuer toutes ces chaînes, & cependant qu'il paraiſſe toujours libre, & nous ne reconnaiſſons pour poëtes que ceux qui ont rempli toutes ces conditions.

Voilà pourquoi il eſt plus aiſé de faire cent vers en toute autre langue que quatre vers en Français. L'exemple de notre Abbé Regnier Deſmarais de l'Académie Françaiſe, & de celle de la Cruſca, en eſt une preuve bien évidente. Il traduiſit Anacreon en Italien avec ſuccès, & ſes vers Français ſont, à l'exception de deux ou trois quatrains, au rang des plus médiocres. Notre *Ménage* était dans le même cas, combien de nos beaux eſprits ont fait de très-beaux vers latins, & n'ont pu être ſupportables en leur langue?

Je ſais combien de diſputes j'ai eſſuyées ſur

notre versification en Angleterre ; & quels reproches me fait souvent le savant Evêque de Rochester sur cette contrainte puerile, qu'il prétend que nous nous imposons de gaieté de cœur. Mais soyez persuadé, MILORD, que plus un étranger connaîtra notre langue, & plus il se réconciliera avec cette rime qui l'effraye d'abord. Non-seulement elle est nécessaire à notre tragédie, mais elle embellit nos comédies mêmes. Un bon mot en vers en est retenu plus aisément; les portraits de la vie humaine seront toujours plus frappans en vers qu'en prose, & qui dit *Vers* en Français, dit nécessairement des vers rimés ; en un mot, nous avons des comédies en prose du célèbre Molière, que l'on a été obligé de mettre en vers après sa mort, & qui ne sont plus jouées que de cette manière nouvelle.

Ne pouvant, MILORD, hazarder sur le théâtre Français des vers non rimés, tels qu'ils sont en usage en Italie & en Angleterre, j'aurais du moins voulu transporter sur notre scène certaines beautés de la vôtre. Il est vrai, & je l'avoue, que le théâtre Anglais est bien défectueux ; j'ai entendu de votre bouche que vous n'aviez pas une bonne tragédie, mais en récompense, dans ces pièces si monstrueuses, vous avez des scènes admirables. Il a manqué jusqu'à présent à presque tous les Auteurs tragiques de votre nation, cette pureté, cette conduite régulière, ces bienséances de l'action & du style, cette élégance, & toutes ces finesses de l'art qui ont établi la réputation du théâtre Francais depuis le Grand Corneille. Mais vos pièces les plus irrégulières ont un grand mérite, c'est celui de l'action.

Nous avons en France des tragédies estimées, qui sont plutôt des conversations qu'elles ne sont la représentation d'un événement. Un Auteur Italien m'écrivait dans une lettre sur les théâtres. » Un critico del nostro Pastor fido » disse che quel componimento era un riassunto » di bellissimi Madrigali, credo, se vivesse che » direbbe delle Tragedie Francesi che sono un » riassunto di belle Elegie & sontuosi Epitalami. » J'ai bien peur que cet Italien n'ait trop raison. Notre délicatesse excessive nous force quelquefois à mettre en récit ce que nous voudrions exposer aux yeux. Nous craignons de hazarder sur la scène des spectacles nouveaux devant une nation accoutumée à tourner en ridicule tout ce qui n'est pas *d'usage*.

L'endroit où l'on joue la comédie, & les abus qui s'y sont glissés, sont encore une cause de cette sécheresse qu'on peut reprocher à quelques-unes de nos pièces. Les bancs qui sont sur le théâtre destinés aux spectateurs, retrécissent la scène, & rendent toute action presque impraticable. Ce défaut est cause que les décorations tant recommandées par les anciens, sont rarement convenables à la pièce. Il empêche sur-tout que les acteurs ne passent d'un appartement dans une autre aux yeux des spectateurs, comme les Grecs & les Romains le pratiquaient sagement, pour conserver à la fois l'unité de lieu & la vraisemblance.

Comment oserions-nous sur nos théâtres faire paraître, par exemple, l'ombre de Pompée, ou le génie de Brutus, au milieu de tant de jeunes gens qui ne regardent jamais les choses les plus serieuses que comme l'occasion de dire un bon mot? Comment apporter au milieu d'eux sur la scène, le corps de Marcus, devant Caton son père, qui s'écrie: » Heureux jeune » homme, tu es mort pour ton pays! O mes » amis, laissez-moi compter ces glorieuses » blessures! Qui ne voudrait mourir ainsi pour » la patrie? Pourquoi n'a-t-on qu'une vie à lui » sacrifier? .... Mes amis, ne pleurez point » ma perte, ne regrettez point mon fils, pleu» rez Rome, la maîtresse du monde n'est plus, » ô liberté! ô ma patrie! .... ô vertu! &c. » Voilà ce que feu M. Addisson ne craignait point de faire représenter à Londres; voilà ce qui fut joué, traduit en Italien, dans plus d'une ville d'Italie. Mais si nous hazardions à Paris un tel spectacle, n'entendez-vous pas déjà le parterre qui se récrie? Et ne voyez-vous pas nos femmes qui détournent la tête?

Vous n'imagineriez pas à quel point va cette délicatesse. L'Auteur de notre tragédie de Manlius prit son sujet de la pièce Anglaise de M. Otway, intitulée, *Venise sauvée*. Le sujet est tiré de l'histoire de la conjuration du Marquis de Bedemar, écrite par l'Abbé de Saint Réal; & permettez-moi de dire en passant, que ce morceau d'histoire, égal peut-être à Saluste, est fort au-dessus & de la pièce d'Otway & de notre Manlius. Premièrement, vous remarquez le préjugé qui a forcé l'Auteur Français à déguiser sous des noms Romains une aventure connue, que l'Anglais a traitée naturellement sous les noms veritables. On n'a point trouvé ridicule au théâtre de Londres, qu'un Ambassadeur Espagnol s'appellât Bedemar, & que des conjurés eussent le nom de Jaffier, de Jacques-Pierre, d'Eliot; cela seul en France eût pu faire tomber la pièce.

Mais voyez qu'Otway ne craint point d'assembler tous les conjurés. Renaud prend leurs sermens, assigne à chacun son poste, prescrit l'heure du carnage, & jette de tems en tems des regards inquiets & soupçonneux sur Jaffier dont il se défie. Il leur fait à tous ce discours pathétique, traduit mot pour mot de l'Abbé de S. Réal. *Jamais repos si profond ne précéda un trouble si grand. Notre bonne destinée a aveuglé les plus clair-voyans de tous les hommes, rassuré les plus timides, endormi les plus soupçonneux, confondu les plus subtils : nous vivons encore, mes chers amis... nous vivons, & notre vie sera bientôt funeste aux tyrans de ces lieux, &c.* Qu'a fait l'Auteur Français ? Il a craint de hazarder tant de personnages sur la scène, il se contente de faire réciter par *Renaud*, sous le nom de *Rutile*, une faible partie de ce même discours, qu'il vient, dit-il, de tenir aux conjurés. Ne sentez-vous pas par ce seul exposé combien cette scène Anglaise est au-dessus de la Française ; la pièce d'Otway fut-elle d'ailleurs monstrueuse ?

Avec quel plaisir n'ai-je point vu à Londres votre tragédie de Jules-César, qui, depuis cent cinquante années, fait les délices de votre nation ? Je ne prétends pas assurément approuver les irrégularités barbares dont elle est remplie. Il est seulement étonnant qu'il ne s'en trouve pas davantage dans un Ouvrage composé dans un siécle d'ignorance, par un homme qui même ne savait pas le latin, & qui n'eut de maître que son génie ; mais au milieu de tant de fautes grossières, avec quel ravissement je voyais Brutus tenant encore un poignard teint du sang de César, assembler le peuple romain, & lui parler ainsi du haut de la tribune aux harangues !

Romains, compatriotes, amis, s'il eſt quelqu'un de vous qui ait été attaché à Céſar, qu'il ſache que Brutus ne l'était pas moins. Oui, je l'aimais, Romains, & ſi vous me demandez pourquoi j'ai verſé ſon ſang, c'eſt que j'aimais Rome davantage. Voudriez-vous voir Céſar vivant, & mourir ſes eſclaves, plutôt que d'acheter votre liberté par ſa mort? Céſar était mon ami, je le pleure; il était heureux, j'applaudis à ſes triomphes; il était vaillant, je l'honore; mais il était ambitieux, je l'ai tué. Y a-t-il quelqu'un parmi vous aſsez lâche pour regretter la ſervitude? S'il en eſt un ſeul, qu'il parle, qu'il ſe montre; c'eſt lui que j'ai offenſé. Y a-t-il quelqu'un aſsez infâme pour oublier qu'il eſt Romain? Qu'il parle, c'eſt lui ſeul qui eſt mon ennemi.

CHŒUR DES ROMAINS.

Perſonne, non, Brutus, perſonne.

BRUTUS.

Ainſi donc je n'ai offenſé perſonne. Voici le corps du dictateur qu'on vous apporte; les derniers devoirs lui ſeront rendus par Antoine, par cet Antoine, qui, n'ayant point eu de part au châtiment de Céſar, en retirera le même avantage que moi & que chacun de vous, le bonheur ineſtimable d'être libre. Je n'ai plus qu'un mot à vous dire. J'ai tué de cette main mon meilleur ami pour le ſalut de Rome ; je garde ce même poignard pour moi, quand Rome demandera ma vie.

LE CHŒUR.

Vivez, Brutus, vivez à jamais.

Après cette ſcène, Antoine vient émouvoir de pitié ces mêmes Romains, à qui Brutus avait inſpiré ſa rigueur & ſa barbarie. Antoine par un diſcours artificieux ramène inſenſiblement ces eſprits ſuperbes, & quand il les voit radoucis, alors il leur montre le corps de Céſar, & ſe ſervant des figures les plus pathétiques, il les excite au tumulte & à la vengeance. Peut-être les Français ne ſouffriraient pas que l'on fît paraître ſur leurs théâtres un chœur compoſé d'artiſans & de Plébéïens Romains, que le corps ſanglant de Céſar y fût expoſé aux yeux du peuple; & qu'on excitât ce peuple à la vengeance, du haut de la tribune aux harangues; c'eſt à la coutume, qui eſt la reine de ce monde, à changer le goût des nations, & à tourner en plaiſir les objets de notre averſion.

Les Grecs ont hazardé des ſpectacles non moins révoltans pour nous. Hippolite, briſé par ſa chûte, vient compter ſes bleſſures & pouſſer des cris douloureux. Philoctète tombe dans ſes accès de ſouffrance; un ſang noir coule de ſa plaie. Œdipe, couvert du ſang qui dégoutte encore des reſtes de ſes yeux qu'il vient d'arracher, se plaint des Dieux & des hommes. On entend les cris de Clitemnestre que son propre fils égorge ; & Électre crie sur le théâtre : *Frappez, ne l'épargnez pas, elle n'a pas épargné notre père.* Prométhée est attaché sur un rocher avec des cloux qu'on lui enfonce dans l'estomac & dans les bras. Les Furies répondent à l'ombre sanglante de Clitemnestre par des hurlemens sans aucune articulation. Beaucoup de tragédies grecques, en un mot, sont remplies de cette terreur portée à l'excès.

Je sais bien que les tragiques Grecs, d'ailleurs superieurs aux Anglais, ont erré en prenant souvent l'horreur pour la terreur, & le dégoûtant & l'incroyable pour le tragique & le merveilleux. L'art était dans son enfance à Athènes, du tems d'Æschyle, comme à Londres du tems de Shakespear ; mais, parmi les grandes fautes des poëtes Grecs, & même des vôtres, on trouve un vrai pathétique & de singulières beautés : & si quelques Français, qui ne connaissent les tragédies & les mœurs étrangères que par des traductions & sur des ouï-dire, les condamnent sans aucune restriction, ils sont, ce me semble, comme des aveugles qui assureraient qu'une rose ne peut avoir de couleurs vives, parce qu'ils en compteraient les épines à tâtons. Mais si les Grecs

& vous, vous paſſez les bornes de la bienſéance, & ſi ſur-tout les Anglais ont donné des ſpectacles effroyables, voulant en donner de terribles, nous autres Français, auſſi ſcrupuleux que vous avez été téméraires, nous nous arrêtons trop de peur de nous emporter, & quelquefois nous n'arrivons pas au tragique, dans la crainte d'en paſſer les bornes.

Je ſuis bien loin de propoſer que la ſcène devienne un lieu de carnage, comme elle l'eſt dans Shakeſpear & dans ſes ſucceſſeurs, qui, n'ayant pas ſon génie, n'ont imité que ſes défauts; mais j'oſe croire qu'il y a des ſituations qui ne paraiſſent encore que dégoûtantes & horribles aux Français, & qui, bien ménagées, repréſentées avec art, & ſur-tout adoucies par le charme des beaux vers, pourraient nous faire une ſorte de plaiſir dont nous ne nous doutons pas.

Il n'eſt point de ſerpent ni de monſtre odieux,
Qui par l'art imité ne puiſſe plaire aux yeux.

Du moins que l'on me diſe pourquoi il eſt permis à nos héros & à nos héroïnes de théâtre de ſe tuer, & qu'il leur eſt défendu de tuer perſonne? La ſcène eſt-elle moins enſanglantée par la mort d'Atalide qui ſe poignarde pour ſon amant, qu'elle ne le ſerait par le meurtre de Céſar? Et ſi le ſpectacle du fils de Caton, qui paraît mort aux yeux de ſon pere, eſt l'occaſion d'un diſcours admirable de ce vieux Romain, ſi ce morceau a été applaudi en Angleterre & en Italie par ceux qui ſont les plus grands partiſans de la bienſéance Françaiſe, ſi les femmes les plus délicates n'en ont point été choquées, pourquoi les Français ne s'y accoutumeraient-ils pas? La nature n'eſt-elle pas la même dans tous les hommes?

Toutes ces loix de ne point enſanglanter la ſcène, de ne point faire parler plus de trois interlocuteurs, &c. ſont des loix, qui, ce me ſemble, pourraient avoir quelques exceptions parmi nous, comme elles en ont eu chez les Grecs; il n'en eſt pas des règles de la bienſéance, toujours un peu arbitraire, comme des règles fondamentales du théâtre qui ſont les trois unités. Il y aurait de la faibleſſe & de la ſterilité à étendre une action au-delà de l'eſpace du tems & du lieu convenables. Demandez à quiconque aura inſeré dans une pièce trop d'événemens, la raiſon de cette faute; s'il eſt de bonne foi, il vous dira qu'il n'a pas eu aſſez de génie pour remplir ſa pièce d'un ſeul fait; & s'il prend deux jours & deux villes pour ſon action, croyez que c'eſt parce qu'il n'aurait pas eu l'adreſſe de la reſſerrer dans l'eſpace de trois heures, & dans l'enceinte d'un palais, comme l'exige la vraiſemblance. Il en eſt tout autrement de celui qui hazarderait un ſpectacle horrible ſur le théâtre ; il ne choquerait point la vraiſemblance, & cette hardieſſe, loin de ſuppoſer de la faibleſſe dans l'Auteur, demanderait au contraire un grand génie pour mettre par ſes vers de la veritable grandeur dans une action, qui, ſans un ſtyle ſublime, ne ſerait qu'atroce & dégoûtante.

Voilà ce qu'a oſé tenter une fois notre Grand Corneille dans ſa Rodogune. Il fait paraître une mère, qui, en préſence de la cour & d'un Ambaſſadeur, veut empoiſonner ſon fils & ſa belle-fille, après avoir tué ſon autre fils de ſa propre main ; elle leur préſente la coupe empoiſonnée, & ſur leurs refus & leurs ſoupçons, elle la boit elle-même & meurt du poiſon qu'elle leur deſtinait. Des coups auſſi terribles ne doivent pas être prodigués, & il n'appartient pas à tout le monde d'oſer les frapper. Ces nouveautés demandent une grande circonſpection, & une exécution de maître. Les Anglais eux-mêmes avouent que Shakeſpear, par exemple, a été le ſeul parmi eux qui ait pu faire évoquer & parler des ombres avec ſuccès.

Within that circle none durſt move but he.

Plus une action théâtrale eſt majeſtueuſe ou effrayante, plus elle deviendrait inſipide ſi elle était ſouvent répétée ; à peu près comme les détails de batailles, qui, étant par eux-mêmes ce qu'il y a de plus terrible, deviennent froids & ennuyeux à force de reparaître souvent dans les histoires. La seule pièce où M. Racine ait mis du spectacle c'est son chef-d'œuvre d'Athalie. On y voit un enfant sur un trône, sa nourrice & des prêtres qui l'environnent, une reine qui commande à ses soldats de le massacrer, des Lévites armés qui accourent pour le défendre. Toute cette action est pathétique; mais si le style ne l'était pas aussi, elle ne serait que puerile.

Plus on veut frapper les yeux par un appareil éclatant, plus on s'impose la nécessité de dire de grandes choses; autrement on ne serait qu'un décorateur, & non un poëte tragique. Il y a près de trente années qu'on représenta la tragédie de Montesume à Paris; la scène ouvrait par un spectacle nouveau; c'était un palais d'un goût magnifique & barbare; Montesume paraissait avec un habit singulier; des esclaves armés de fleches étaient dans le fond; autour de lui étaient huit Grands de sa cour, prosternés le visage contre terre; Montesume commençait la pièce en leur disant;

Levez-vous, votre roi vous permet aujourd'hui.
Et de l'envisager, & de parler à lui.

Ce spectacle charma; mais voilà tout ce qu'il y eut de beau dans cette tragédie.

Pour moi, j'avoue que ce n'a pas été sans quelque crainte que j'ai introduit sur la scène

Françaiſe le ſénat de Rome en robes rouges, allant aux opinions. Je me ſouvenais que lorſque j'introduiſis autrefois dans Œdipe un chœur de Thébains qui diſait :

O mort! nous implorons ton funeſte ſecours ;
O mort! viens nous ſauver, viens terminer nos jours.

Le parterre, au lieu d'être frappé du pathétique qui pouvait être en cet endroit, ne ſentit d'abord que le prétendu ridicule d'avoir mis ces vers dans la bouche d'acteurs peu accoutumés, & il fit un éclat de rire. C'eſt ce qui m'a empêché dans Brutus de faire parler les ſénateurs, quand Titus eſt accuſé devant eux, & d'augmenter la terreur de la ſituation, en exprimant l'étonnement & la douleur de ces pères de Rome, qui ſans doute devraient marquer leur ſurpriſe autrement que par un jeu muet, qui même n'a pas été exécuté.

Au reſte, MILORD, s'il y a quelques endroits paſſables dans cet ouvrage, il faut que j'avoue que j'en ai l'obligation à des amis qui penſent comme vous. Ils m'encourageaient à temperer l'auſterité de Brutus par l'amour paternel, afin qu'on admirât & qu'on plaignît l'effort qu'il ſe fait en comdamnant ſon fils. Ils m'exhortaient à donner à la jeune Tullie un caractère de tendreſſe & d'innocence, parce que ſi j'en avais fait une héroïne altière, qui n'eût parlé à Titus que comme à un ſujet qui devait ſervir ſon prince, alors Titus aurait été avili, & l'Ambaſſadeur eût été inutile. Ils voulaient que Titus fût un jeune homme furieux dans ſes paſſions, aimant Rome & ſon père, adorant Tullie, ſe faiſant un devoir d'être fidèle au ſénat même dont il ſe plaignait, & emporté loin de ſon devoir par une paſſion dont il avait cru être le maître. En effet, ſi Titus avait été de l'avis de ſa maîtreſſe, & s'était dit à lui-même de bonnes raiſons en faveur des rois, Brutus alors n'eût été regardé que comme un chef de rebelles. Titus n'aurait plus eu de remords, ſon père n'eût plus excité la pitié.

Gardez, me diſaient-ils, que les deux enfans de Brutus paraiſſent ſur la ſcène; vous ſavez que l'interêt eſt perdu quand il ſe partage; mais ſur-tout que votre pièce ſoit ſimple; imitez cette beauté des Grecs, croyez que la multiplicité des événemens & des interêts compliqués n'eſt que la reſſource des génies ſteriles, qui ne ſavent pas tirer d'une ſeule paſſion dequoi faire cinq actes. Tâchez de travailler chaque ſcène comme ſi c'était la ſeule que vous euſſiez à écrire. Ce ſont les beautés de détail qui ſoutiennent les ouvrages en vers, & qui les font paſſer à la poſterité. C'eſt ſouvent la manière ſingulière de dire des choſes communes, c'eſt cet art d'embellir par la diction ce que penſent & ce que ſentent tous les hommes, qui fait les grands poëtes. Il n'y a ni ſentimens recherchés, ni aventure romanesque dans le quatriéme livre de Virgile; il est tout naturel, & c'est l'effort de l'esprit humain. M. Racine n'est si au-dessus des autres qui ont tous dit les mêmes choses que lui, que parce qu'il les a mieux dites. Corneille n'est veritablement grand que quand il s'exprime aussi-bien qu'il pense. Souvenez vous de ce précepte de M. Despréaux:

Et que tout ce qu'il dit, facile à retenir,
De son ouvrage en vous laisse un long souvenir.

Voilà ce que n'ont point tant d'ouvrages dramatiques, que l'art d'un acteur & la figure & la voix d'une actrice ont fait valoir sur nos théâtres. Combien de pièces mal écrites ont eu plus de représentations que Cinna & Britannicus; mais on n'a jamais retenu deux vers de ces faibles poëmes, au lieu qu'on sait Britannicus & Cinna par cœur. En vain le Regulus de Pradon a fait verser des larmes par quelques situations touchantes; l'ouvrage & tous ceux qui lui ressemblent sont méprisés, tandis que leurs auteurs s'applaudissent dans leurs préfaces.

Il me semble, MILORD, que vous m'allez demander comment des critiques si judicieux ont pu me permettre de parler d'amour dans une tragédie dont le titre est JUNIUS-BRUTUS, & de mêler cette passion avec l'austère vertu du sénat Romain, & la politique d'un ambassadeur?

On reproche à notre nation d'avoir amolli le

théâtre par trop de tendresse, & les Anglais meritent bien le même reproche depuis près d'un siécle ; car vous avez toujours un peu pris nos modes & nos vices. Mais me permettez-vous de vous dire mon sentiment sur cette matière ?

Vouloir de l'amour dans toutes les tragédies me paraît un goût efféminé ; l'en proscrire toujours est une mauvaise humeur bien deraisonnable.

Le théâtre, soit tragique, soit comique, est la peinture vivante des passions humaines ; l'ambition d'un prince est représentée dans la tragédie ; la comédie tourne en ridicule la vanité d'un bourgeois. Ici vous riez de la coquetterie & des intrigues d'une citoyenne ; là vous pleurez la malheureuse passion de Phèdre ; de même l'amour vous amuse dans un roman, & il vous transporte dans la Didon de Virgile. L'amour dans une tragédie n'est pas plus un défaut essentiel que dans l'Eneïde ; il n'est à reprendre que quand il est amené mal-à-propos, ou traité sans art.

Les Grecs ont rarement hazardé cette passion sur le théâtre d'Athènes. Premièrement, parce que leurs tragédies n'ayant roulé d'abord que sur des sujets terribles, l'esprit des spectateurs était plié à ce genre de spectacles ; secondement, parce que les femmes menaient une vie beaucoup plus retirée que les nôtres, &

qu'ainſi le langage de l'amour n'étant pas comme aujourd'hui le ſujet de toutes les converſations; les poëtes en étaient moins invités à traiter cette paſſion, qui de toutes eſt la plus difficile à repréſenter, par les ménagemens infinis qu'elle demande. Une troiſième raiſon qui me paraît aſſez forte, c'eſt que l'on n'avait point de comédiennes; les rôles des femmes étaient joués par des hommes maſqués. Il ſemble que l'amour eût été ridicule dans leur bouche.

C'eſt tout le contraire à Londres & à Paris, & il faut avouer que les Auteurs n'auraient gueres entendu leur interêt, ni connu leur auditoire, s'ils n'avaient jamais fait parler les Oldfields, ou les Duclos & les Lecouvreurs, que d'ambition & de politique.

Le mal eſt que l'amour n'eſt ſouvent chez nos héros de théâtre que de la galanterie, & que chez les vôtres il dégénère quelquefois en débauche. Dans notre Alcibiade, pièce très-ſuivie, mais faiblement écrite, & ainſi peu eſtimée, on a admiré long-tems ces mauvais vers que récitait d'un ton ſéduiſant l'Eſopus du dernier ſiécle.

Ah! lorſque pénétré d'un amour veritable,
Et gémiſſant aux pieds d'un objet adorable,
J'ai connu dans ſes yeux timides ou diſtraits
Que mes ſoins de ſon cœur ont pu troubler la paix;
Que par l'aveu ſecret d'une ardeur mutuelle,
La mienne a pris encore une force nouvellè;

Dans

Dans ces momens si doux j'ai cent fois éprouvé
Qu'un mortel peut goûter un bonheur achevé.

Dans votre Venise sauvée, le vieux Renaud veut violer la femme de Jaffier, & elle s'en plaint en termes assez indécens, jusqu'à dire qu'il est venu à elle *un button*, déboutonné.

Pour que l'amour soit digne du théâtre tragique, il faut qu'il soit le nœud nécessaire de la pièce, & non qu'il soit amené par force pour remplir le vuide de vos tragédies & des nôtres, qui sont toutes trop longues; il faut que ce soit une passion veritablement tragique, regardée comme une faiblesse, & combattue par des remords. Il faut, ou que l'amour conduise aux malheurs & aux crimes, pour faire voir combien il est dangereux, ou que la vertu en triomphe pour montrer qu'il n'est pas invincible; sans cela ce n'est plus qu'un amour d'églogue ou de comédie.

C'est à vous, MILORD, à décider si j'ai rempli quelques-unes de ces conditions; mais que vos amis daignent sur-tout ne point juger du génie & du goût de notre nation par ce discours & par cette tragédie que je vous envoye. Je suis peut-être un de ceux qui cultivent les lettres en France avec moins de succès; & si les sentimens, que je soumets ici à votre censure, sont désapprouvés, c'est à moi seul qu'en appartient le blâme.

ACTEURS.

JUNIUS BRUTUS, } consuls.
VALERIUS PUBLICOLA, }
TITUS, fils de Brutus.
TULLIE, fille de Tarquin.
ALGINE, confidente de Tullie.
ARONS, ambaſſadeur de Porſenna.
MESSALA, ami de Titus.
PROCULUS, tribun militaire.
ALBIN, confident d'Arons.
SENATEURS.
LICTEURS.

La Scène eſt à Rome.

BRUTUS,

TRAGÉDIE.

ACTE PREMIER.

SCENE PREMIERE.

BRUTUS, les SÉNATEURS.

Le théâtre représente une partie de la maison des consuls sur le mont Tarpéien ; le temple du Capitole se voit dans le fond. Les sénateurs sont assemblés entre le temple & la maison, devant l'autel de Mars. Brutus & Valerius Publicola, consuls, président à cette assemblée. Les sénateurs sont rangés en demi-cercle. Des licteurs avec leurs faisceaux sont debout derrière les sénateurs.

BRUTUS.

DESTRUCTEURS des tyrans, vous qui n'avez pour rois
Que les dieux de Numa, vos vertus & nos loix ;
Enfin, notre ennemi commence à nous connaître.
Ce superbe Toscan qui ne parlait qu'en maître,

Porſenna, de Tarquin ce formidable appui,
Ce tyran, protecteur d'un tyran comme lui,
Qui couvre de ſon camp les rivages du Tibre,
Reſpecte le ſénat, & craint un peuple libre.
Aujourd'hui devant vous abaiſſant ſa hauteur,
Il demande à traiter par un ambaſſadeur.
Arons, qu'il nous députe, en ce moment s'avance;
Aux ſénateurs de Rome il demande audience;
Il attend dans ce temple, & c'eſt à vous de voir
S'il le faut refuſer, s'il le faut recevoir.

VALERIUS PUBLICOLA.

Quoiqu'il vienne annoncer, quoiqu'on puiſſe en attendre,
Il le faut à ſon roi renvoyer ſans l'entendre;
Tel eſt mon ſentiment. Rome ne traite plus
Avec ſes ennemis que quand ils ſont vaincus.
Votre fils, il eſt vrai, vengeur de ſa patrie,
A deux fois repouſſé le tyran d'Étrurie;
Je ſais tout ce qu'on doit à ſes vaillantes mains;
Je ſais, qu'à votre exemple il ſauva les Romains:
Mais ce n'eſt point aſſez. Rome aſſiégée encore,
Voit dans les champs voiſins ces tyrans qu'elle abhorre.
Que Tarquin ſatisfaſſe aux ordres du ſénat;
Exilé par nos loix, qu'il ſorte de l'état;
De ſon coupable aſpect qu'il purge nos frontières,
Et nous pourrons enſuite écouter ſes prières.
Ce nom d'ambaſſadeur a paru vous frapper;
Tarquin n'a pu nous vaincre il cherche à nous tromper.
L'ambaſſadeur d'un roi m'eſt toujours redoutable,
Ce n'eſt qu'un ennemi ſous un titre honorable,
Qui vient, rempli d'orgueil ou de dexterité,
Inſulter ou trahir avec impunité.
Rome! n'écoute point leur ſéduiſant langage;
Tout art t'eſt étranger, combattre eſt ton partage:

Confonds tes ennemis de ta gloire irrités ;
Tombe, ou punis les rois, ce sont-là tes traités!

BRUTUS.

Rome sait à quel point sa liberté m'est chère ;
Mais, plein du même esprit, mon sentiment diffère.
Je vois cette ambassade, au nom des souverains,
Comme un premier hommage aux citoyens romains;
Accoutumons des rois la fierté despotique
A traiter en égale avec la république,
Attendant que du ciel remplissant les décrets,
Quelque jour avec elle ils traitent en sujets.
Arons viens voir ici Rome encor chancelante,
Découvrir les ressorts de sa grandeur naissante,
Épier son génie, observer son pouvoir ;
Romains, c'est pour cela qu'il le faut recevoir.
L'ennemi du sénat connaîtra qui nous sommes,
Et l'esclave d'un roi va voir enfin des hommes.
Que dans Rome à loisir il porte ses regards,
Il l'a verra dans vous, vous êtes ses remparts.
Qu'il révère en ces lieux le dieu qui nous rassemble,
Qu'il paraisse au sénat, qu'il écoute & qu'il tremble.

Les sénateurs se levent, & s'approchent un moment pour donner leurs voix.

VALERIUS PUBLICOLA.

Je vois tout le sénat passer à votre avis :
Rome & vous l'ordonnez. A regret j'y souscris ;
Licteurs, qu'on l'introduise, & puisse sa présence
N'apporter en ces lieux rien dont Rome s'offense.

A Brutus.

C'est sur vous seul ici que nos yeux sont ouverts ;
C'est vous qui, le premier, avez rompu nos fers :
De notre liberté soutenez la querelle ;
Brutus en est le père, & doit parler pour elle.

SCENE II.

LE SÉNAT, ARONS, ALBIN, Suite.

ARONS entre par le côté du théâtre, précédé de deux licteurs, & d'Albin son confident; il passe devant les consuls & le sénat qu'il salue, & il va s'asseoir sur un siége préparé pour lui sur le devant du théâtre.

ARONS.

CONSULS, & vous sénat, qu'il m'est doux d'être admis
Dans ce conseil sacré de sages ennemis;
De voir tous ces héros, dont l'équité sévère
N'eut jusques aujourd'hui qu'un reproche à se faire;
Témoin de leurs exploits, d'admirer leurs vertus,
D'écouter Rome enfin par la voix de Brutus,
Loin des cris de ce peuple indocile & barbare,
Que la fureur conduit, réunit & sépare,
Aveugle dans sa haine, aveugle en son amour,
Qui menace & qui craint, regne & sert en un jour;
Dont l'audace....

BRUTUS.

Arrêtez, sachez qu'il faut qu'on nomme
Avec plus de respect les citoyens de Rome;
La gloire du sénat est de représenter
Ce peuple vertueux, que l'on ose insulter.
Quittez l'art avec nous, quittez la flatterie;
Ce poison qu'on prépare à la cour d'Étrurie,
N'est point encor connu dans le sénat Romain.
Poursuivez.

ARONS.

Moins piqué d'un diſcours ſi hautain,
Que touché des malheurs où cet état s'expoſe,
Comme un de ſes enfans j'embraſſe ici ſa cauſe.
Vous voyez quel orage éclate autour de vous.
C'eſt en vain que Titus en détourna les coups;
Je vois avec regret ſa valeur & ſon zèle
N'aſſurer aux Romains qu'une chûte plus belle;
Sa victoire affaiblit vos remparts déſolés.
Du ſang qui les inonde ils ſemblent ébranlés.
Ah! ne refuſez plus une paix néceſſaire.
Si du peuple Romain le ſénat eſt le père,
Porſenna l'eſt des rois que vous perſécutés.
Mais vous, du nom romain vengeurs ſi redoutés,
Vous, des droits des mortels éclairés interprêtes,
Vous, qui jugez les rois, regardez où vous êtes.
Voici ce Capitole, & ces mêmes autels,
Où jadis atteſtant tous les dieux immortels,
J'ai vû chacun de vous brûlant d'un autre zèle,
A Tarquin votre roi jurer d'être fidèle.
Quels dieux ont donc changé les droits des ſouverains?
Quel pouvoir a rompu des nœuds jadis ſi ſaints?
Qui, du front de Tarquin ravit le diadême?
Qui peut de vos ſermens vous dégager?

BRUTUS.

Lui-même.
N'alléguez point ces nœuds que le crime a rompus,
Ces dieux qu'il outragea, ces droits qu'il a perdus;
Nous avons fait, Arons, en lui rendant hommage,
Serment d'obéiſſance, & non point d'eſclavage;
Et puiſqu'il vous ſouvient d'avoir vû dans ces lieux
Le ſénat à ſes pieds, faiſant pour lui des vœux,
Songez qu'en ce lieu même, à cet autel auguſte,
Devant ces mêmes dieux il jura d'être juſte.

De ſon peuple & de lui tel était le lien ;
Il nous rend nos ſermens lorſqu'il trahit le ſien,
Et dès qu'aux loix de Rome il oſe être infidelle,
Rome n'eſt plus ſujette, & lui ſeul eſt rebelle.

ARONS.

Ah! quand il ſerait vrai que l'abſolu pouvoir
Eût entraîné Tarquin par-delà ſon devoir,
Qu'il en eût trop ſuivi l'amorce enchantereſſe,
Quel homme eſt ſans erreur, & quel roi ſans faibleſſe ?
Eſt-ce à vous de prétendre au droit de le punir ?
Vous, nés tous ſes ſujets, vous, faits pour obéir!
Un fils ne s'arme point contre un coupable père ;
Il détourne les yeux, le plaint & le révère.
Les droits des ſouverains ſont-ils moins précieux ?
Nous ſommes leurs enfans ; leurs juges ſont les dieux.
Si le ciel quelquefois les donne en ſa colère,
N'allez pas meriter un préſent plus ſévère,
Trahir toutes les loix en voulant les venger,
Et renverſer l'état au lieu de le changer.
Inſtruit par le malheur, ce grand maître de l'homme,
Tarquin ſera plus juſte, & plus digne de Rome.
Vous pouvez raffermir par un accord heureux,
Des peuples & des rois les légitimes nœuds,
Et faire encor fleurir la liberté publique,
Sous l'ombrage ſacré du pouvoir monarchique.

BRUTUS.

Arons, il n'eſt plus tems, chaque état a ſes loix,
Qu'il tient de ſa nature, ou qu'il change à ſon choix:
Eſclaves de leurs rois, & même de leurs prêtres,
Les Toſcans ſemblent nés pour ſervir ſous des maîtres ;
Et de leur chaîne antique adorateurs heureux,
Voudraient que l'univers fût eſclave comme eux.

La Gréce entière eſt libre, & la molle Ionie
Sous un joug odieux languit aſſujettie.
Rome eut ſes ſouverains, mais jamais abſolus.
Son premier citoyen fut le grand Romulus ;
Nous partagions le poids de ſa grandeur ſuprême :
Numa, qui fit nos loix, y fut ſoumis lui-même.
Rome enfin, je l'avoue, a fait un mauvais choix :
Chez les Toſcans, chez vous, elle a choiſi ſes rois ;
Ils nous ont apporté du fond de l'Étrurie
Les vices de leur cour, avec la tyrannie.

Il ſe leve.

Pardonnez-nous, grands dieux ! ſi le peuple Romain
A tardé ſi long-tems à condamner Tarquin.
Le ſang qui regorgea ſous ſes mains meurtrières,
De notre obéiſſance a rompu les barrières.
Sous un ſceptre de fer tout ce peuple abattu,
A force de malheurs a repris ſa vertu.
Tarquin nous a remis dans nos droits légitimes,
Le bien public eſt né de l'excès de ſes crimes ;
Et nous donnons l'exemple à ces mêmes Toſcans,
S'ils pouvaient, à leur tour, être las des tyrans.

Les conſuls deſcendent vers l'autel, & le ſénat ſe leve.

O Mars ! dieu des héros, de Rome & des batailles,
Qui combats avec nous, qui défends ces murailles !
Sur ton autel ſacré, Mars, reçoit nos ſermens,
Pour ce ſénat, pour moi, pour tes dignes enfans !
Si dans le ſein de Rome il ſe trouvait un traître,
Qui regrettât les rois, & qui voulût un maître,
Que le perfide meure au milieu des tourmens ;
Que ſa cendre coupable, abandonnée aux vents,
Ne laiſſe ici qu'un nom, plus odieux encore
Que le nom des tyrans, que Rome entière abhorre.

ARONS *avançant vers l'autel.*

Et moi, ſur cet autel, qu'ainſi vous profanez,
Je jure au nom du roi que vous abandonnez,

Au nom de Porſenna, vengeur de ſa querelle,
A vous, à vos enfans une guerre immortelle.

Les ſénateurs font un pas vers le Capitole.

Sénateurs, arrêtez, ne vous ſéparez pas,
Je ne me ſuis pas plaint de tous vos attentats;
La fille de Tarquin, dans vos mains demeurée,
Eſt-elle une victime à Rome conſacrée?
Et donnez-vous des fers à ſes royales mains,
Pour mieux braver ſon père & tous les ſouverains?
Que dis-je! tous ces biens, ces tréſors, ces richeſſes,
Que des Tarquins dans Rome épuiſaient les largeſſes,
Sont-ils votre conquête, ou vous ſont-ils donnés?
Eſt-ce pour les ravir que vous les détrônés?
Sénat, ſi vous l'oſez, que Brutus les dénie.

BRUTUS *ſe tournant vers Arons.*

Vous connaiſſez bien mal, & Rome & ſon génie.
Ces pères des Romains, vengeurs de l'équité,
Ont blanchi dans la pourpre & dans la pauvreté.
Au-deſſus des tréſors, que ſans peine ils vous cédent,
Leur gloire eſt de dompter les rois qui les poſſédent.
Prenez cet or, Arons, il eſt vil à nos yeux.
Quant au malheureux ſang d'un tyran odieux,
Malgré la juſte horreur que j'ai pour ſa famille,
Le ſénat à mes ſoins a confié ſa fille.
Elle n'a point ici de ces reſpects flatteurs,
Qui des enfans des rois empoiſonnent les cœurs;
Elle n'a point trouvé la pompe & la molleſſe,
Dont la cour des Tarquins enivra ſe jeuneſſe.
Mais, je ſais ce qu'on doit de bontés & d'honneur,
A ſon ſexe, à ſon âge, & ſur-tout au malheur.
Dès ce jour, en ſon camp que Tarquin la revoye;
Mon cœur même en conçoit une ſecrette joye.
Qu'aux tyrans déſormais rien ne reſte en ces lieux,
Que la haine de Rome & le courroux des dieux.

Pour emporter au camp l'or qu'il faut y conduire,
Rome vous donne un jour, ce tems doit vous suffire;
Ma maison cependant est votre sûreté,
Jouissez-y des droits de l'hospitalité.
Voilà ce que par moi le sénat vous annonce.
Ce soir, à Porsenna reportez ma réponse.
Reportez-lui la guerre, & dites à Tarquin
Ce que vous avez vû dans le sénat Romain.

Aux sénateurs.

Et nous, du Capitole allons orner le faite,
Des lauriers dont mon fils vient de ceindre sa tête;
Suspendons ces drapeaux, & ces dards tout sanglans,
Que ses heureuses mains ont ravis aux Toscans.
Ainsi, puisse toujours, plein du même courage,
Mon sang digne de vous me servir d'âge en âge.
Dieux! protégez ainsi contre nos ennemis,
Le consulat du père, & les armes du fils!

SCENE III.

ARONS, ALBIN.

Qui sont supposés être entrés de la salle d'audience dans un autre appartement de la maison de Brutus.

ARONS.

As-tu bien remarqué cet orgueil inflexible,
Cet esprit d'un sénat qui se croit invincible?
Il le serait, Albin, si Rome avait le tems
D'affermir cette audace au cœur de ses enfans.
Crois-moi, la liberté que tout mortel adore,
Que je veux leur ôter, mais que j'admire encore,
Donne à l'homme un courage, inspire une grandeur,
Qu'il n'eût jamais trouvé dans le fond de son cœur.

Sous le joug des Tarquins, la cour & l'esclavage
Amollissait leurs mœurs, énervait leur courage;
Leurs rois, trop occupés à dompter leurs sujets,
De nos heureux Toscans ne troublaient point la paix.
Mais si ce fier sénat réveille leur génie,
Si Rome est libre, Albin, c'est fait de l'Italie.
Ces lions, que leur maître avait rendu plus doux,
Vont reprendre leur rage, & s'élancer sur nous.
Étouffons dans leur sang la semence féconde
Des maux de l'Italie, & des troubles du monde:
Affranchissons la terre, & donnons aux Romains
Ces fers qu'ils destinaient au reste des humains.
Messala viendra-t-il? Pourrai-je ici l'entendre?
Osera-t-il?...

ALBIN.

Seigneur, il doit ici se rendre.
A toute heure il y vient. Titus est son appui.

ARONS.

As-tu pu lui parler? Puis-je compter sur lui?

ALBIN.

Seigneur, ou je me trompe, ou Messala conspire,
Pour changer ses destins plus que ceux de l'empire;
Il est ferme, intrépide, autant que si l'honneur
Ou l'amour du pays excitait sa valeur;
Maître de son secret & maître de lui-même,
Impénétrable & calme en sa fureur extrême.

ARONS.

Tel autrefois dans Rome il parut à mes yeux,
Lorsque Tarquin régnant me reçut dans ces lieux,
Et ses lettres depuis... mais je le vois paraître.

SCENE IV.

ARONS, MESSALA, ALBIN.

ARONS.

GÉNEREUX Messala, l'appui de votre maître,
Eh bien! l'or de Tarquin, les présens de mon roi,
Des sénateurs Romains n'ont pu tenter la foi!
Les plaisirs d'une cour, l'esperance, la crainte,
A ces cœurs endurcis n'ont pu porter d'atteinte?
Ces fiers patriciens sont-ils autant de dieux,
Jugeant tous les mortels, & ne craignant rien d'eux?
Sont-ils sans passion, sans interêt, sans vice?

MESSALA.

Ils osent s'en vanter; mais leur feinte justice,
Leur âpre austerité, que rien ne peut gagner,
N'est dans ces cœurs hautains que la soif de régner:
Leur orgueil foule aux pieds l'orgueil des diadêmes,
Ils ont brisé le joug pour l'imposer eux-mêmes;
De notre liberté ces illustres vengeurs,
Armés pour la défendre, en sont les oppresseurs.
Sous les noms séduisans de patrons & de pères,
Ils affectent des rois les démarches altières;
Rome a changé de fers, & sous le joug des grands,
Pour un roi qu'elle avait, a trouvé cent tyrans.

ARONS.

Parmi vos citoyens en est-il d'assez sage
Pour détester tout bas cet indigne esclavage?

MESSALA.

Peu sentent leur état, leurs esprits égarés
De ce grand changement sont encore enivrés;

Le plus vil citoyen, dans sa bassesse extrême,
Ayant chassé les rois, pense être roi lui-même :
Mais je vous l'ai mandé, seigneur, j'ai des amis,
Qui sous ce jong nouveau sont à regret soumis;
Qui dédaignant l'erreur des peuples imbéciles,
Dans ce torrent fougueux restent seuls immobiles,
Des mortels éprouvés, dont la tête & le bras
Sont faits pour ébranler ou changer les états.

ARONS.

De ces braves Romains que faut-il que j'espere ?
Serviront-ils leur prince ?

MESSALA.

Ils sont prêts à tout faire :
Tout leur sang est à vous. Mais ne prétendez pas,
Qu'en aveugles sujets ils servent des ingrats.
Ils ne se piquent point du devoir fanatique,
De servir de victime au pouvoir despotique,
Ni du zèle insensé de courir au trépas,
Pour venger un tyran qui ne les connait pas.
Tarquin promet beaucoup, mais devenu leur maitre,
Il les oubliera tous, ou les craindra peut-être.
Je connais trop les grands, dans le malheur amis,
Ingrats dans la fortune, & bientôt ennemis.
Nous sommes de leur gloire un instrument servile,
Rejetté par dédain dès qu'il est inutile,
Et brisé sans pitié s'il devient dangereux.
A des conditions on peut compter sur eux;
Ils demandent un chef digne de leur courage,
Dont le nom seul impose à ce peuple volage;
Un chef assez puissant pour obliger le roi,
Même après le succès, à nous tenir sa foi;
Ou si de nos desseins la trame est découverte,
Un chef assez hardi pour venger notre perte.

ARONS.

Mais vous m'aviez écrit que l'orgueilleux Titus...

MESSALA.

Il eſt l'appui de Rome, il eſt fils de Brutus ;
Cependant....

ARONS.

De quel œil voit-il les injuſtices
Dont ce ſénat ſuperbe a payé ſes ſervices ?
Lui ſeul a ſauvé Rome, & toute ſa valeur
En vain du conſulat lui merita l'honneur.
Je ſais qu'on le refuſe.

MESSALA.

Et je ſais qu'il murmure :
Son cœur altier & prompt eſt plein de cette injure :
Pour toute récompenſe il n'obtient qu'un vain bruit,
Qu'un triomphe frivole, un éclat qui s'enfuit.
J'obſerve d'aſſez près ſon ame imperieuſe,
Et de ſon fier courroux la fougue impétueuſe ;
Dans le champ de la gloire il ne fait que d'entrer ;
Il y marche en aveugle, on l'y peut égarer ?
La bouillante jeuneſſe eſt facile à ſéduire ;
Mais que de préjugés nous aurions à détruire !
Rome, un conſul, un père, & la haine des rois,
Et l'horreur de la honte, & ſur-tout ſes exploits.
Connaiſſez donc Titus, voyez toute ſon ame,
Le courroux qui l'aigrit, le poiſon qui l'enflâme ;
Il brûle pour Tullie.

ARONS.

Il l'aimerait ?

MESSALA.

Seigneur,
A peine ai-je arraché ce ſecret de ſon cœur :
Il en rougit lui-même, & cette ame inflexible
N'oſe avouer qu'elle aime, & craint d'être ſenſible ;

Parmi les paſſions dont il eſt agité,
Sa plus grande fureur eſt pour la liberté.

ARONS.

C'eſt donc des ſentimens & du cœur d'un ſeul homme
Qu'aujourd'hui, malgré moi, dépend le ſort de Rome!

A Albin.

Ne nous rebutons pas. Préparez-vous, Albin,
A vous rendre ſur l'heure aux tentes de Tarquin.

A Meſſala.

Entrons chez la princeſſe, un peu d'experience
M'a pu du cœur humain donner quelque ſcience.
Je lirai dans ſon ame, & peut-être ſes mains
Vont former l'heureux piége où j'attends les Romains.

Fin du premier Acte.

ACTE II.

SCENE PREMIERE.

Le théâtre représente, ou est supposé représenter, un appartement du palais des consuls.

TITUS, MESSALA.

MESSALA.

Non, c'est trop offenser ma sensible amitié.
Qui peut de son secret me cacher la moitié,
En dit trop & trop peu, m'offense & me soupçonne.

TITUS.

Va, mon cœur à ta foi tout entier s'abandonne;
Ne me reproche rien.

MESSALA.

Quoi! vous, dont la douleur,
Du sénat avec moi détesta la rigueur,
Qui versiez dans mon sein ce grand secret de Rome,
Ces plaintes d'un héros, ces larmes d'un grand homme!
Comment avez-vous pu dévorer si long-tems
Une douleur plus tendre & des maux plus touchans?
De vos feux devant moi vous étouffiez la flâme.
Quoi donc! l'ambition, qui domine en votre ame,
Éteignait-elle en vous de si chers sentimens?
Le sénat a-t-il fait vos plus cruels tourmens?
Le haïssez-vous plus que vous n'aimez Tullie?

TITUS.

Ah! j'aime avec transport, je hais avec furie,
Je suis extrême en tout, je l'avoue, & mon cœur
Voudrait en tout se vaincre, & connaît son erreur.

MESSALA.

Et pourquoi de vos mains déchirant vos blessures,
Déguiser votre amour & non pas vos injures?

TITUS.

Que veux-tu, Messala? J'ai, malgré mon courroux
Prodigué tout mon sang pour ce sénat jaloux.
Tu le sais, ton courage eut part à ma victoire:
Je sentais du plaisir à parler de ma gloire;
Mon cœur, enorgueilli des succès de mon bras,
Trouvait de la grandeur à venger des ingrats.
On confie aisément des malheurs qu'on surmonte;
Mais qu'il est accablant de parler de sa honte!

MESSALA.

Quelle est donc cette honte & ce grand repentir?
Et de quels sentimens auriez-vous à rougir?

TITUS.

Je rougis de moi-même & d'un feu téméraire,
Inutile, imprudent, à mon devoir contraire.

MESSALA.

Eh bien! l'ambition, l'amour & ses fureurs,
Sont-ce des passions indignes des grands cœurs?

TITUS.

L'ambition, l'amour, le dépit, tout m'accable;
De ce conseil de roi l'orgueil insupportable
Méprise ma jeunesse, & me dispute un rang,
Brigué par ma valeur & payé par mon sang.
Au milieu du dépit dont mon ame est saisie,
Je perds tout ce que j'aime, on m'enlève Tullie.
On te l'enlève, hélas! trop aveugle courroux,
Tu n'osais y prétendre, & ton cœur est jaloux.

Je l'avouerai, ce feu, que j'avais su contraindre,
S'irrite en s'échappant, & ne peut plus s'éteindre,
Ami, c'en était fait : elle partait, mon cœur
De sa funeste flamme allait être vainqueur,
Je rentrais dans mes droits, je sortais d'esclavage.
Le ciel a-t-il marqué ce terme à mon courage ?
Moi, le fils de Brutus, moi, l'ennemi des rois,
C'est du sang de Tarquin que j'attendrais des loix !
Elle refuse encore de m'en donner, l'ingrate,
Et par-tout dédaigné, par-tout ma honte éclate.
Le dépit, la vengeance, & la honte & l'amour,
De mes sens soulevés disposent tour-à-tour.

MESSALA.

Puis-je ici vous parler, mais avec confiance ?

TITUS.

Toujours de tes conseils j'ai cheri la prudence.
Eh bien ! fais-moi rougir de mes égaremens.

MESSALA.

J'approuve & votre amour & vos ressentimens.
Faudra-t-il donc toujours que Titus autorise
Ce sénat de tyrans dont l'orgueil nous maîtrise ?
Non, s'il vous faut rougir, rougissez en ce jour
De votre patience, & non de votre amour.
Quoi ! pour prix de vos feux, & de tant de vaillance,
Citoyen sans pouvoir, amant sans espérance,
Je vous verrais languir, victime de l'état,
Oublié de Tullie, & bravé du sénat ?
Ah ! peut-être, seigneur, un cœur tel que le vôtre
Aurait pu gagner l'une, & se venger de l'autre.

TITUS.

De quoi viens-tu flatter mon esprit éperdu ?
Moi, j'aurais pu fléchir sa haine ou sa vertu ?
N'en parlons plus : tu vois les fatales barrières
Qu'élevent entre nous nos devoirs & nos pères :

Sa haine désormais égale mon amour.
Elle va donc partir ?

MESSALA.

Oui, seigneur, dès ce jour.

TITUS.

Je n'en murmure point. Le ciel lui rend justice,
Il la fit pour régner.

MESSALA.

Ah ! ce ciel plus propice
Lui destinait peut-être un empire plus doux,
Et sans ce fier sénat, sans la guerre, sans vous....
Pardonnez ; vous savez quel est son heritage ;
Son frère ne vit plus, Rome était son partage.
Je m'emporte, seigneur ; mais si pour vous servir
Si pour vous rendre heureux il ne faut que perir ;
Si mon sang...

TITUS.

Non, ami, mon devoir est le maître.
Non, crois-moi, l'homme est libre au moment qu'il veut l'être.
Je l'avoue, il est vrai, ce dangereux poison
A pour quelques momens égaré ma raison ;
Mais le cœur d'un soldat sait dompter la mollesse,
Et l'amour n'est puissant que par notre faiblesse.

MESSALA.

Vous voyez des Toscans venir l'ambassadeur ;
Cet honneur qu'il vous rend...

TITUS.

Ah! quel funeste honneur!
Que me veut-il? C'est lui qui m'enlève Tullie ;
C'est lui qui met le comble au malheur de ma vie.

SCENE II.

TITUS, ARONS.

ARONS.

APRÉS avoir en vain, près de votre ſénat;
Tenté ce que j'ai pu pour ſauver cet état,
Souffrez qu'à la vertu rendant un juſte hommage,
J'admire en liberté ce génereux courage,
Ce bras qui venge Rome, & ſoutient ſon pays
Au bord du précipice où le ſénat l'a mis.
Ah! que vous étiez digne, & d'un prix plus auguſte,
Et d'un autre adverſaire, & d'un parti plus juſte!
Et que ce grand courage, ailleurs mieux employé,
D'un plus digne ſalaire aurait été payé!
Il eſt, il eſt des rois, j'oſe ici vous le dire,
Qui mettraient en vos mains le ſort de leur empire,
Sans craindre ces vertus qu'ils admirent en vous,
Dont j'ai vû Rome épriſe, & le ſénat jaloux.
Je vous plains de ſervir ſous ce maître farouche,
Que le merite aigrit, qu'aucun bienfait ne touche,
Qui, né pour obéir, ſe fait un lâche honneur
D'appeſantir ſa main ſur ſon liberateur;
Lui, qui, s'il n'uſurpait les droits de la couronne,
Devrait prendre de vous les ordres qu'il vous donne.

TITUS.

Je rends grace à vos ſoins, ſeigneur, & mes ſoupçons
De vos bontés pour moi reſpectent les raiſons.
Je n'examine point ſi votre politique
Penſe armer mes chagrins contre ma république,
Et porter mon dépit, avec un art ſi doux,
Aux indiſcrétions qui ſuivent le courroux.

Perdez moins d'artifice à tromper ma franchiſe ;
Ce cœur eſt tout ouvert, & n'a rien qu'il déguiſe.
Outragé du ſénat, j'ai droit de le haïr.
Je le hais ; mais mon bras eſt prêt à le ſervir.
Quand la cauſe commune au combat nous appelle,
Rome au cœur de ſes fils éteint toute querelle :
Vainqueurs de nos débats nous marchons réunis,
Et nous ne connaiſſons que vous pour ennemis.
Voilà ce que je ſuis, & ce que je veux être.
Soit grandeur, ſoit vertu, ſoit préjugé peut-être,
Né parmi les Romains, je perirai pour eux.
J'aime encor mieux, ſeigneur, ce ſénat rigoureux,
Tout injuſte pour moi, tout jaloux qu'il peut être,
Que l'éclat d'une cour, & le ſcepre d'un maître.
Je ſuis fils de Brutus, & je porte en mon cœur
La liberté gravée, & les rois en horreur.

ARONS.

Ne vous flattez-vous point d'un charme imaginaire ?
Seigneur, ainſi qu'à vous la liberté m'eſt chère :
Quoique né ſous un roi, j'en goûte les appas ;
Vous vous perdez pour elle, & n'en jouiſſez pas.
Eſt-il donc, entre nous, rien de plus deſpotique
Que l'eſprit d'un état qui paſſe en république ?
Vos loix ſont vos tyrans : leur barbare rigueur
Devient ſourde au merite, au ſang, à la faveur :
Le ſénat vous opprime, & le peuple vous brave ;
Il faut s'en faire craindre, ou ramper leur eſclave.
Le citoyen de Rome, inſolent ou jaloux,
Ou hait votre grandeur, ou marche égal à vous.
Trop d'éclat l'effarouche, il voit d'un œil ſévère
Dans le bien qu'on lui fait, le mal qu'on lui peut faire.
Et d'un banniſſement le décret odieux
Devient le prix du ſang qu'on a verſé pour eux.
Je ſais bien que la cour, ſeigneur, a ſes naufrages ;
Mais ſes jours ſont plus beaux, ſon ciel a moins d'orages.

Souvent la liberté, dont on se vante ailleurs,
Étale auprès d'un roi ses dons les plus flatteurs.
Il récompense, il aime, il prévient les services;
La gloire auprès de lui ne fuit point les délices.
Aimé du souverain, de ses rayons couvert,
Vous ne servez qu'un maître, & le reste vous sert.
Ébloui d'un éclat qu'il respecte & qu'il aime,
Le vulgaire applaudit jusqu'à nos fautes même;
Nous ne redoutons rien d'un sénat trop jaloux,
Et les sévères loix se taisent devant nous,
Ah! que né pour la cour, ainsi que pour les armes,
Des faveurs de Tarquin vous goûteriez les charmes!
Je vous l'ai déjà dit, il vous aimait, seigneur,
Il aurait avec vous partagé sa grandeur;
Du sénat à vos pieds la fierté prosternée
Aurait...

TITUS.

J'ai vû sa cour, & je l'ai dédaignée.
Je pourrais, il est vrai, mandier son appui,
Et, son premier esclave, être tyran sous lui.
Grace au ciel! je n'ai point cette indigne faiblesse,
Je veux de la grandeur, & la veux sans bassesse.
Je sens que mon destin n'était point d'obéir:
Je combattrai vos rois, retournez les servir.

ARONS.

Je ne puis qu'approuver cet excès de constance;
Mais songez que lui-même éleva votre enfance.
Il s'en souvient toujours. Hier encor, seigneur,
En pleurant avec moi son fils & son malheur:
Titus, me disait-il, soutiendrait ma famille,
Et lui seul meritait mon empire & ma fille.

TITUS *en se détournant.*

Sa fille! dieux! Tullie! O voeux infortunez!

ARONS *en regardant Titus.*

Je la ramène au roi que vous abandonnez:

Elle va, loin de vous, & loin de sa patrie,
Accepter pour époux le roi de Ligurie.
Vous, cependant ici servez votre sénat,
Persécutez son père, opprimez son état.
J'espere que bientôt ces voûtes embrasées,
Ce Capitole en cendre, & ces tours écrasées,
Du sénat & du peuple éclairant les tombeaux,
A cet hymen heureux vont servir de flambeaux.

SCENE III.

TITUS, MESSALA.

TITUS.

AH! mon cher Messala, dans quel trouble il me laisse!
Tarquin me l'eût donnée! O douleur qui me presse!
Moi, j'aurais pu!... Mais non, ministre dangereux,
Tu venais épier le secret de mes feux!
Hélas! en me voyant se peut-il qu'on l'ignore?
Il a lu dans mes yeux l'ardeur qui me dévore.
Certain de ma faiblesse, il retourne à sa cour,
Insulter aux projets d'un témeraire amour.
J'aurais pu l'épouser! Lui consacrer ma vie!
Le ciel à mes desirs eût destiné Tullie!
Malheureux que je suis!

MESSALA.

Vous pourriez être heureux;
Arons pourrait servir vos légitimes feux.
Croyez-moi.

TITUS.

Bannissons un espoir si frivole;
Rome entière m'appelle aux murs du Capitole.
Le peuple rassemblé sous ces arcs triomphaux,

Tout

Tout chargés de ma gloire, & pleins de mes travaux,
M'attend pour commencer les sermens redoutables,
De notre liberté garants inviolables.

MESSALA.

Allez servir ces rois.

TITUS.

Oui, je les veux servir;
Oui, tel est mon devoir, & je le veux remplir.

MESSALA.

Vous gémissez pourtant.

TITUS.

Ma victoire est cruelle.

MESSALA.

Vous l'achetez trop cher.

TITUS.

Elle en sera plus belle.
Ne m'abandonne point dans l'état où je suis.

MESSALA.

Allons, suivons ses pas, aigrissons ses ennuis,
Enfonçons dans son cœur le trait qui le déchire.

SCENE IV.

BRUTUS, MESSALA.

BRUTUS.

ARRETEZ, Messala, j'ai deux mots à vous dire.

MESSALA.

A moi, seigneur?

BRUTUS.

A vous. Un funeste poison
Se répand en secret sur toute ma maison.
Tiberinus mon fils, aigri contre son frère,
Laisse éclater déjà sa jalouse colère;
Et Titus, animé d'un autre emportement,
Suit contre le sénat son fier ressentiment.
L'ambassadeur Toscan, témoin de leur faiblesse,
En profite avec joie autant qu'avec adresse.
Il leur parle, & je crains les discours séduisans
D'un ministre vieilli dans l'art des courtisans.
Il devoit dès demain retourner vers son maître;
Mais un jour quelquefois est beaucoup pour un traître.
Messala, je prétends ne rien craindre de lui:
Allez lui commander de partir aujourd'hui;
Je le veux.

MESSALA.

C'est agir sans doute avec prudence,
Et vous serez content de mon obéissance.

BRUTUS.

Ce n'est pas tout, mon fils avec vous est lié;
Je sais sur son esprit ce que peut l'amitié;
Comme sans artifice, il est sans défiance,
Sa jeunesse est livrée à votre experience.
Plus il se fie à vous, plus je dois esperer

Qu'habile à le conduire, & non à l'égarer,
Vous ne voudrez jamais, abusant de son âge,
Tirer de ses erreurs un indigne avantage,
Le rendre ambitieux, & corrompre son cœur.

MESSALA.

C'est de quoi dans l'instant je lui parlais, seigneur.
Il sait vous imiter, servir Rome & lui plaire;
Il aime aveuglément sa patrie & son père.

BRUTUS.

Il le doit; mais sur-tout il doit aimer les loix:
Il doit en être esclave, en porter tout le poids.
Qui veut les violer, n'aime point sa patrie.

MESSALA.

Nous avons vû tous deux si son bras l'a servie.

BRUTUS.

Il a fait son devoir.

MESSALA.

Et Rome eût fait le sien,
En rendant plus d'honneurs à ce cher citoyen.

BRUTUS.

Non, non, le consulat n'est point fait pour son âge;
J'ai moi-même à mon fils refusé mon suffrage.
Croyez-moi, le succès de son ambition
Serait le premier pas vers la corruption;
Le prix de la vertu serait heréditaire;
Bientôt l'indigne fils du plus vertueux père,
Trop assuré d'un rang, d'autant moins merité,
L'attendrait dans le luxe & dans l'oisiveté.
Le dernier des Tarquins en est la preuve insigne;
Qui naquit dans la pourpre en est rarement digne.
Nous préservent les cieux d'un si funeste abus,
Berceau de la mollesse & tombeau des vertus!
Si vous aimez mon fils, je me plais à le croire,
Représentez-lui mieux sa veritable gloire;
Étouffez dans son cœur un orgueil insensé:
C'est en servant l'état qu'il est récompensé.

De toutes les vertus mon fils doit un exemple.
C'eſt l'appui des Romains que dans lui je contemple;
Plus il a fait pour eux, plus j'exige aujourd'hui.
Connaiſſez à mes vœux l'amour que j'ai pour lui.
Temperez cette ardeur de l'eſprit d'un jeune homme:
Le flatter, c'eſt le perdre, & c'eſt outrager Rome.

MESSALA.

Je me bornais, ſeigneur, à le ſuivre aux combats;
J'imitais ſa valeur, & ne l'inſtruiſais pas.
J'ai peu d'autorité; mais s'il daigne me croire,
Rome verra bientôt comme il cherit la gloire.

BRUTUS.

Allez donc, & jamais n'encenſez ſes erreurs;
Si je hais les tyrans, je hais plus les flatteurs.

SCENE V.

MESSALA *ſeul.*

Il n'eſt point de tyran plus dur, plus haïſſable,
Que la ſéverité de ton cœur intraitable.
Va, je verrai peut-être à mes pieds abattu,
Cet orgueil inſultant de ta fauſſe vertu:
Coloſſe, qu'un vil peuple éleva ſur nos têtes,
Je pourrai t'écraſer, & les foudres ſont prêtes.

Fin du ſecond Acte.

ACTE III.

SCENE PREMIERE.

ARONS, ALBIN, MESSALA.

ARONS *une lettre à la main.*

JE commence à goûter une juste esperance,
Vous m'avez bien servi par tant de diligence;
Tout succéde à mes vœux. Oui, cette lettre, Albin,
Contient le sort de Rome & celui de Tarquin.
Avez-vous dans le camp réglé l'heure fatale?
A-t-on bien observé la porte quirinale?
L'assaut sera-t-il prêt, si par nos conjurés
Les remparts cette nuit ne nous sont point livrés?
Tarquin est-il content? Crois-tu qu'on l'introduise
Ou dans Rome sanglante, ou dans Rome soumise?

ALBIN.

Tout sera prêt, seigneur, au milieu de la nuit.
Tarquin de vos projets goûte déjà le fruit;
Il pense de vos mains tenir son diadême;
Il vous doit, a-t-il dit, plus qu'à Porsenna même.

ARONS.

Ou les dieux ennemis d'un prince malheureux
Confondront des desseins si grands, si dignes d'eux,
Ou demain sous ses loix Rome sera rangée,
Rome en cendre, peut-être, & dans son sang plongée.

Mais il vaut mieux qu'un roi sur le trône remis,
Commande à des sujets malheureux & soumis,
Que d'avoir à dompter, au sein de l'abondance,
D'un peuple trop heureux l'indocile arrogance.

A Albin.

Allez, j'attends ici la princesse en secret.

A Messala.

Messala, demeurez.

SCENE II.

ARONS, MESSALA.

ARONS.

Eh bien! qu'avez-vous fait?
Avez-vous de Titus fléchi le fier courage?
Dans le parti des rois pensez-vous qu'il s'engage?

MESSALA.

J'avais trop présumé; l'inflexible Titus
Aime trop sa patrie, & tient trop de Brutus.
Il se plaint du sénat, il brûle pour Tullie.
L'orgueil, l'ambition, l'amour, la jalousie,
Le feu de son jeune âge & de ses passions
Semblaient ouvrir son ame à mes séductions:
Cependant qui l'eût cru? La liberté l'emporte.
Son amour est au comble, & Rome est la plus forte.
J'ai tenté par degrés d'effacer cette horreur,
Que pour le nom de roi Rome imprime en son cœur.
En vain j'ai combattu ce préjugé sévère;
Le seul nom des Tarquins irritait sa colère;

De ſon entretien même il m'a ſoudain privé,
Et je hazardais trop, ſi j'avais achevé.

ARONS.

Ainſi de le fléchir Meſſala déſeſpère.

MESSALA.

J'ai trouvé moins d'obſtacle à vous donner ſon frère,
Et j'ai du moins ſéduit un des fils de Brutus.

ARONS.

Quoi! vous auriez déjà gagné Tiberinus?
Par quels reſſorts ſecrets? Par quelle heureuſe intrigue?

MESSALA.

Son ambition ſeule a fait toute ma brigue.
Avec un œil jaloux il voit depuis long-tems
De ſon frère & de lui les honneurs differens.
Ces drapeaux ſuſpendus à ces voûtes fatales,
Ces feſtons de lauriers, ces pompes triomphales,
Tous les cœurs des Romains, & celui de Brutus,
Dans ces ſolemnités volant devant Titus,
Sont pour lui des affronts qui, dans ſon ame aigrie,
Échauffent le poiſon de ſa ſecrette envie:
Cependant que Titus ſans haine & ſans courroux,
Trop au-deſſus de lui pour en être jaloux,
Lui tend encor la main de ſon char de victoire,
Et ſemble, en l'embraſſant, l'accabler de ſa gloire.
J'ai ſaiſi ces momens, j'ai ſu peindre à ſes yeux
Dans une cour brillante un rang plus glorieux.
J'ai preſſé, j'ai promis, au nom de Tarquin même,
Tous les honneurs de Rome, après le rang ſuprême;
Je l'ai vû s'éblouir, je l'ai vû s'ébranler;
Il eſt à vous, ſeigneur, & cherche à vous parler.

ARONS.

Pourra-t-il nous livrer la porte quirinale?

MESSALA.

Titus ſeul y commande, & ſa vertu fatale,
N'a que trop arrêté le cours de vos deſtins;
C'eſt un Dieu qui préſide au ſalut des Romains.
Gardez de hazarder cette attaque ſoudaine,
Sûre avec ſon appui, ſans lui trop incertaine.

ARONS.

Mais ſi du conſulat il a brigué l'honneur,
Pourrait-il dédaigner la ſuprême grandeur,
Du trône avec Tullie un aſſuré partage?

MESSALA.

Le trône eſt un affront à ſa vertu ſauvage.

ARONS.

Mais il aime Tullie.

MESSALA.

Il l'adore, ſeigneur.
Il l'aime d'autant plus, qu'il combat ſon ardeur.
Il brûle pour la fille en déteſtant le père;
Il craint de lui parler, il gémit de ſe taire;
Il la cherche, il la fuit, il dévore ſes pleurs,
Et de l'amour encore il n'a que les fureurs.
Dans l'agitation d'un ſi cruel orage,
Un moment, quelquefois, renverſe un grand courage.
Je ſais quel eſt Titus: ardent, impétueux,
S'il ſe rend, il ira plus loin que je ne veux.
La fière ambition qu'il renferme dans l'ame,
Au flambeau de l'amour peut rallumer ſa flâme.
Avec plaiſir, ſans doute, il verrait à ſes pieds
Des ſénateurs tremblans les fronts humiliés;
Mais je vous tromperais, ſi j'oſais vous promettre,
Qu'à cet amour fatal il veuille ſe ſoumettre.
Je peux parler encore, & je vais aujourd'hui...

ARONS.

Puisqu'il est amoureux, je compte encor sur lui.
Un regard de Tullie, un seul mot de sa bouche,
Peut plus pour amollir cette vertu farouche,
Que les subtils détours & tout l'art séducteur
D'un chef de conjurés, & d'un ambassadeur.
N'espérons des humains rien que par leur faiblesse.
L'ambition de l'un, de l'autre la tendresse,
Voilà des conjurés qui serviront mon roi;
C'est d'eux que j'attends tout; ils sont plus forts que moi.

Tullie entre. Messala se retire.

SCENE III.

TULLIE, ARONS, ALGINE.

ARONS.

MADAME, en ce moment je reçois cette lettre,
Qu'en vos augustes mains mon ordre est de remettre,
Et que jusqu'en la mienne a fait passer Tarquin.

TULLIE.

Dieux! protégez mon père, & changez son destin.

Elle lit.

» Le trône des Romains peut sortir de sa cendre;
» Le vainqueur de son roi peut en être l'appui.
» Titus est un héros; c'est à lui de défendre
» Un sceptre que je veux partager avec lui.
» Vous, songez que Tarquin vous a donné la vie,
» Songez que mon destin va dépendre de vous.

» Vous pourriez refuser le roi de Ligurie ;
» Si Titus vous est cher, il sera votre époux.
Ai-je bien lû... Titus?... Seigneur... est-il possible?
Tarquin dans ses malheurs jusqu'alors inflexible,
Pourrait? mais d'où sait-il?... Et comment? Ah! seigneur,
Ne veut-on qu'arracher les secrets de mon cœur?
Épargnez les chagrins d'une triste princesse ;
Ne tendez point de piége à ma faible jeunesse.

ARONS.

Non, madame, à Tarquin je ne sais qu'obéir,
Écouter mon devoir, me taire & vous servir.
Il ne m'appartient point de chercher à comprendre
Des secrets qu'en mon sein vous craignez de répandre.
Je ne veux point lever un œil présomptueux
Vers le voile sacré que vous jettez sur eux.
Mon devoir seulement m'ordonne de vous dire
Que le ciel veut par vous relever cet empire ;
Que ce trône est un prix qu'il met à vos vertus.

TULLIE.

Je servirais mon père, & serais à Titus!
Seigneur, il se pourrait...

ARONS.

N'en doutez point, princesse,
Pour le sang de ses rois ce héros s'interesse.
De ces républicains la triste austerité,
De son cœur génereux révolte la fierté ;
Les refus du sénat ont aigri son courage,
Il panche vers son prince ; achevez cet ouvrage.
Je n'ai point dans son cœur prétendu pénétrer ;
Mais puisqu'il vous connait, il vous doit adorer.
Quel œil, sans s'éblouir, peut voir un diadême,

Préſenté par vos mains, embelli par vous-même ?
Parlez-lui ſeulement, vous pourrez tout ſur lui ;
De l'ennemi des rois triomphez aujourd'hui.
Arrachez au ſénat, rendez à votre père
Ce grand appui de Rome, & ſon dieu tutélaire,
Et meritez l'honneur d'avoir entre vos mains
Et la cauſe d'un père, & le ſort des Romains.

SCENE IV.

TULLIE, ALGINE.

TULLIE.

Ciel ! que je dois d'encens à ta bonté propice !
Mes pleurs t'ont déſarmé, tout change, & ta juſtice,
Aux feux dont j'ai rougi rendant leur pureté,
En les récompenſant, les met en liberté.

A Algine.

Va le chercher, va, cours ; dieux ! il m'évite encore :
Faut-il qu'il ſoit heureux, hélas ! & qu'il l'ignore !
Mais... n'écoutai-je point un eſpoir trop flatteur ?
Titus pour le ſénat a-t-il donc tant d'horreur ?
Que dis-je ! hélas ! devrais-je au dépit qui le preſſe,
Ce que j'aurais voulu devoir à ſa tendreſſe ?

ALGINE.

Je ſais que le ſénat alluma ſon courroux,
Qu'il eſt ambitieux, & qu'il brûle pour vous.

TULLIE.

Il fera tout pour moi, n'en doute point, il m'aime ;
Va, dis-je...

Algine sort.

Cependant ce changement extrême...
Ce billet !... De quels soins mon cœur est combattu ;
Éclatez, mon amour, ainsi que ma vertu ;
La gloire, la raison, le devoir, tout l'ordonne.
Quoi ! mon père à mes feux va devoir sa couronne !
De Titus & de lui je serais le lien !
Le bonheur de l'état va donc naître du mien ?
Toi que je peux aimer, quand pourrai-je t'apprendre
Ce changement du sort où nous n'osions prétendre ?
Quand pourrai-je, Titus, dans mes justes transports,
T'entendre sans regrets, te parler sans remords ?
Tous mes maux sont finis ; Rome, je te pardonne ;
Rome, tu vas servir, si Titus t'abandonne ;
Sénat, tu vas tomber, si Titus est à moi ;
Ton héros m'aime : tremble, & reconnais ton roi.

SCENE V.

TITUS, TULLIE.

TITUS.

MADAME, est-il bien vrai ? Daignez-vous voir encore
Cet odieux Romain que votre cœur abhorre,
Si justement haï, si coupable envers vous ?
Cet ennemi ?

TULLIE.

Seigneur, tout est changé pour nous.
Le destin me permet... Titus... il faut me dire,
Si j'avais sur votre ame un veritable empire.

TITUS.

Eh! pouvez-vous douter de ce fatal pouvoir,
De mes feux, de mon crime, & de mon désespoir?
Vous ne l'avez que trop cet empire funeste:
L'amour vous a soumis mes jours que je déteste.
Commandez, épuisez votre juste courroux,
Mon sort est en vos mains.

TULLIE.

Le mien dépend de vous.

TITUS.

De moi! Mon cœur tremblant ne vous en croit qu'à peine.
Moi! je ne serais plus l'objet de votre haine!
Ah! princesse, achevez; quel espoir enchanteur
M'élève en un moment au faîte du bonheur?

TULLIE, *en donnant la lettre.*

Lisez, rendez heureux, vous, Tullie, & mon père.

Tandis qu'il lit.

Je puis donc me flatter... mais quel regard sévère?
D'où vient ce morne accueil, & ce front consterné?
Dieux...

TITUS.

Je suis des mortels le plus infortuné;
Le sort, dont la rigueur à m'accabler s'attache,
M'a montré mon bonheur, & soudain me l'arrache,
Et pour combler les maux que mon cœur a soufferts,
Je puis vous posséder, je vous aime, & vous perds.

TULLIE.

Vous, Titus?

TITUS.

Ce moment a condamné ma vie
Au comble des horreurs ou de l'ignominie,
A trahir Rome ou vous; & je n'ai désormais
Que le choix des malheurs, ou celui des forfaits.

TULLIE.

Que dis-tu? quand ma main te donne un diadême,
Quand tu peux m'obtenir, quand tu vois que je t'aime;
Je ne m'en cache plus, un trop juste pouvoir,
Autorisant mes vœux, m'en a fait un devoir.
Hélas! j'ai cru ce jour le plus beau de ma vie;
Et le premier moment où mon ame ravie
Peut de ses sentimens s'expliquer sans rougir,
Ingrat, est le moment qu'il m'en faut repentir.
Que m'oses-tu parler de malheur & de crime?
Ah! servir des ingrats contre un roi légitime,
M'opprimer, me cherir, détester mes bienfaits,
Ce sont-là des malheurs, & voilà des forfaits.
Ouvre les yeux, Titus, & mets dans la balance
Les refus du sénat & la toute-puissance;
Choisis de recevoir ou de donner la loi,
D'un vil peuple ou d'un trône, & de Rome ou de moi;
Inspirez-lui, grands dieux! le parti qu'il doit prendre.

TITUS, *en lui rendant la lettre.*

Mon choix est fait.

TULLIE.

Eh bien! crains-tu de me l'apprendre?
Parle, ose meriter ta grace ou mon courroux.
Quel sera ton destin?...

TITUS.

D'être digne de vous,
Digne encor de moi-même, à Rome encor fidelle,
Brûlant d'amour pour vous, de combattre pour elle,
D'adorer vos vertus, mais de les imiter,
De vous perdre, madame, & de vous meriter.

TULLIE.

Ainsi donc pour jamais...

TITUS.

Ah! pardonnez, princesse,
Oubliez ma fureur, épargnez ma faiblesse,
Ayez pitié d'un cœur de soi-même ennemi,
Moins malheureux cent fois quand vous l'avez haï.
Pardonnez, je ne puis vous quitter ni vous suivre,
Ni pour vous, ni sans vous, Titus ne saurait vivre,
Et je mourrai plutôt qu'un autre ait votre foi.

TULLIE.

Je te pardonne tout, elle est encore à toi.

TITUS.

Eh bien! si vous m'aimez, ayez l'ame romaine,
Aimez ma république, & soyez plus que reine;
Apportez-moi pour dot, au lieu du rang des rois,
L'amour de mon pays & l'amour de mes loix.
Acceptez aujourd'hui Rome pour votre mère,
Son vengeur pour époux, Brutus pour votre père:
Que les Romains, vaincus en générosité,
A la fille des rois doivent leur liberté...

TULLIE.

Qui, moi, j'irais trahir?

TITUS.

Mon désespoir m'égare ;
Non, toute trahison est indigne & barbare.
Je sais ce qu'est un père & ses droits absolus,
Je sais... que je vous aime... & ne me connais plus.

TULLIE.

Écoute au moins ce sang qui m'a donné la vie.

TITUS.

Eh ! dois-je écouter moins mon sang & ma patrie ?

TULLIE.

Ta patrie ! Ah barbare ! en est-il donc sans moi ?

TITUS.

Nous sommes ennemis... la nature, la loi,
Nous impose à tous deux un devoir si farouche.

TULLIE.

Nous ennemis ! ce nom peut sortir de ta bouche !

TITUS.

Tout mon cœur la dément.

TULLIE.

Ose donc me servir ;
Tu m'aimes, venge-moi.

SCENE VI.

BRUTUS, ARONS, TITUS, TULLIE, MESSALA, ALBIN, PROCULUS, Licteurs.

BRUTUS *à Tullie.*

MADAME, il faut partir.
Dans les premiers éclats des tempêtes publiques,
Rome n'a pu vous rendre à vos dieux domestiques;
Tarquin même en ce tems, prompt à vous oublier,
Et du soin de nous perdre occupé tout entier,
Dans nos calamités confondant sa famille,
N'a pas même aux Romains redemandé sa fille;
Souffrez que je rappelle un triste souvenir:
Je vous privai d'un père, & dûs vous en servir;
Allez, & que du trône où le ciel vous appelle,
L'inflexible équité soit la garde éternelle.
Pour qu'on vous obéisse, obéissez aux loix,
Tremblez en contemplant tout le devoir des rois;
Et si de vos flatteurs la funeste malice,
Jamais dans votre cœur ébranlait la justice,
Prête alors d'abuser du pouvoir souverain,
Souvenez-vous de Rome, & songez à Tarquin;
Et que ce grand exemple où mon espoir se fonde,
Soit la leçon des rois, & le bonheur du monde.

A Arons.

Le sénat vous la rend, seigneur, & c'est à vous
De la remettre aux mains d'un père & d'un époux.
Proculus va vous suivre à la porte sacrée.

TITUS *éloigné.*

O de ma passion fureur désespérée !

Il va vers Arons.

Je ne souffrirai point, non... permettez, seigneur,

Brutus & Tullie sortent avec leur suite. Arons & Messala restent.

Dieux! ne mourrai-je point de honte & de douleur?

A Arons.

...Pourrais-je vous parler?

ARONS.

Seigneur, le tems me presse;
Il me faut suivre ici Brutus & la princesse;
Je puis d'une heure encor retarder son départ;
Craignez, seigneur, craignez de me parler trop tard.
Dans son appartement nous pouvons l'un & l'autre
Parler de ses destins, & peut-être du vôtre.

Il sort.

SCENE VII.

TITUS, MESSALA.

TITUS.

Sort, qui nous a rejoints, & qui nous désunis;
Sort, ne nous as-tu faits que pour être ennemis!
Ah! cache, si tu peux, ta fureur & tes larmes.

MESSALA.

Je plains tant de vertus, tant d'amour & de charmes;
Un cœur tel que le sien meritait d'être à vous.

TITUS.

Abominables loix que la cruelle impose!
Tyrans, que j'ai vaincus, je pourrais vous servir!
Peuples, que j'ai sauvés, je pourrais vous trahir!
L'amour, dont j'ai six mois vaincu la violence,
L'amour aurait sur moi cette affreuse puissance!
J'exposerais mon père à ses tyrans cruels?
Et quel père? Un héros, l'exemple des mortels,
L'appui de son pays, qui m'instruisit à l'être,
Que j'imitai, qu'un jour j'eusse égalé peut-être.
Après tant de vertus quel horrible destin!

MESSALA.

Vous eutes les vertus d'un citoyen Romain:
Il ne tiendra qu'à vous d'avoir celles d'un maître.
Seigneur, vous serez roi dès que vous voudrez l'être,
Le ciel met dans vos mains, en ce moment heureux,
La vengeance, l'empire, & l'objet de vos feux.
Que dis-je? Ce consul, ce héros, que l'on nomme
Le père, le soutien, le fondateur de Rome,
Qui s'enivre à vos yeux de l'encens des humains,
Sur les débris d'un trône écrasé par vos mains,
S'il eût mal soutenu cette grande querelle,
S'il n'eût vaincu par vous, il n'était qu'un rebelle.
Seigneur, embellissez ce grand nom de vainqueur
Du nom plus glorieux de pacificateur;
Daignez nous ramener ces jours où nos ancêtres,
Heureux, mais gouvernés, libres, mais sous des maîtres,
Pesaient dans la balance, avec un même poids,
Les interêts du peuple & la grandeur des rois.
Rome n'a point pour eux une haine immortelle;
Rome va les aimer, si vous régnez sur elle.
Ce pouvoir souverain, que j'ai vû tour-à-tour
Attirer de ce peuple & la haine & l'amour,

Qu'on craint en des états, & qu'ailleurs on desire,
Est des gouvernemens le meilleur ou le pire;
Affreux sous un tyran, divin sous un bon roi.

TITUS.

Messala, songez-vous que vous parlez à moi?
Que désormais en vous je ne vois plus qu'un traître?
Et qu'en vous épargnant je commence de l'être?

MESSALA.

Eh bien! apprenez donc que l'on vous va ravir
L'inestimable honneur dont vous n'osez jouir;
Qu'un autre accomplira ce que vous pouviez faire.

TITUS.

Un autre! arrête; dieux! parle... Qui?

MESSALA.

Votre frère.

TITUS.

Mon frère?

MESSALA.

A Tarquin même il a donné sa foi.

TITUS.

Mon frère trahit Rome?

MESSALA.

Il sert Rome & son roi.
Et Tarquin, malgré vous, n'acceptera pour gendre
Que celui des Romains qui l'aura pu défendre.

TITUS.

Ciel! perfide!... Écoutez: mon cœur long-tems séduit,
A méconnu l'abyme où vous m'avez conduit.

Vous penſez me réduire au malheur néceſſaire
D'être ou le délateur, ou complice d'un frère :
Mais plutôt votre ſang...

MESSALA.

Vous pouvez m'en punir ;
Frappez, je le merite, en voulant vous ſervir.
Du ſang de votre ami que cette main fumante
Y joigne encor le ſang d'un frère & d'une amante ;
Et, leur tête à la main, demandez au ſénat,
Pour prix de vos vertus, l'honneur du conſulat ;
Ou moi-même à l'inſtant déclarant les complices,
Je m'en vais commencer ces affreux ſacrifices.

TITUS.

Demeure, malheureux, ou crains mon déſeſpoir.

SCENE VIII.

TITUS, MESSALA, ALBIN.

ALBIN.

L'AMBASSADEUR Toſcan peut maintenant vous voir,
Il eſt chez la princeſſe.

TITUS.

...Oui, je vais chez Tullie...
J'y cours. O dieux de Rome! O dieux de ma patrie!
Frappez, percez ce cœur de ſa honte allarmé,
Qui ſerait vertueux, s'il n'avait point aimé.
C'eſt donc à vous, ſénat, que tant d'amour s'immole?
A vous, ingrats!... Allons...

A Messala.

Tu vois ce Capitole
Tout plein des monumens de ma fidélité.

MESSALA.

Songez qu'il est rempli d'un sénat détesté.

TITUS.

Je le sais. Mais... du ciel qui tonne sur ma tête
J'entends la voix qui crie : arrête, ingrat, arrête,
Tu trahis ton pays... non, Rome ! non, Brutus !
Dieux qui me secourez, je suis encor Titus.
La gloire a de mes jours accompagné la course,
Je n'ai point de mon sang déshonoré la source,
Votre victime est pure, & s'il faut qu'aujourd'hui
Titus soit aux forfaits entraîné malgré lui,
S'il faut que je succombe au destin qui m'opprime,
Dieux ! sauvez les Romains, frappez avant le crime.

Fin du troisiéme Acte.

ACTE IV.

SCENE PREMIERE.

TITUS, ARONS, MESSALA.

TITUS.

OUI, j'y fuis réfolu, partez, c'eſt trop attendre,
Honteux, déſeſperé, je ne veux rien entendre ;
Laiſſez-moi ma vertu, laiſſez-moi mes malheurs.
Fort contre vos raiſons, faible contre ſes pleurs,
Je ne la verrai plus. Ma fermeté trahie
Craint moins tous vos tyrans, qu'un regard de Tullie.
Je ne la verrai plus! oui qu'elle parte... ah dieux!

ARONS.

Pour vos interêts ſeuls arrêté dans ces lieux,
J'ai bientôt paſſé l'heure avec peine accordée,
Que vous-même, ſeigneur, vous m'aviez demandée.

TITUS.

Moi, que j'ai demandée?

ARONS.

Hélas! que pour vous deux
J'attendais en ſecret un deſtin plus heureux!
J'eſperais couronner des ardeurs ſi parfaites.
Il n'y faut plus penſer.

TITUS.

Ah! cruel que vous êtes!
Vous avez vu ma honte & mon abaiſſement,
Vous avez vu Titus balancer un moment.
Allez, adroit témoin de mes lâches tendreſſes,
Allez à vos deux rois annoncer mes faibleſſes.
Contez à ces tyrans terraſſés par mes coups,
Que le fils de Brutus a pleuré devant vous.
Mais ajoutez au moins, que parmi tant de larmes,
Malgré vous & Tullie, & ſes pleurs & ſes charmes,
Vainqueur encor de moi, libre, & toujours Romain,
Je ne ſuis point ſoumis par le ſang de Tarquin;
Que rien ne me ſurmonte, & que je jure encore
Une guerre éternelle à ce ſang que j'adore.

ARONS.

J'excuſe la douleur où vos ſens ſont plongés,
Je reſpecte en partant vos triſtes préjugés.
Loin de vous accabler, avec vous je ſoupire.
Elle en mourra, c'eſt tout ce que je peux vous dire.
Adieu, ſeigneur.

MESSALA.

O ciel!

SCENE II.

SCENE II.

TITUS, MESSALA.

TITUS.

Non, je ne puis souffrir
Que des remparts de Rome on la laisse sortir ;
Je veux la retenir au peril de ma vie.

MESSALA.

Vous voulez...

TITUS.

Je suis loin de trahir ma patrie.
Rome l'emportera, je le sais ; mais enfin
Je ne puis séparer Tullie & mon destin.
Je respire, je vis, je perirai pour elle.
Prends pitié de mes maux, courons, & que ton zèle
Soulève nos amis, rassemble nos soldats.
En dépit du sénat je retiendrai ses pas.
Je prétends que dans Rome elle reste en ôtage.
Je le veux.

MESSALA.

Dans quels soins votre amour vous engage ?
Et que prétendez-vous par ce coup dangereux,
Que d'avouer sans fruit un amour malheureux ?

TITUS.

Eh bien ! c'est au sénat qu'il faut que je m'adresse,
Va de ces rois de Rome adoucir la rudesse,
Dis-leur que l'interêt de l'état, de Brutus....
Hélas ! que je m'emporte en desseins superflus !

MESSALA.

Dans la juste douleur où mon ame est en proye,
Il faut pour vous servir...

TITUS.

Il faut que je la voye,
Il faut que je lui parle. Elle passe en ces lieux ;
Elle entendra du moins mes éternels adieux.

MESSALA.

Parlez-lui, croyez-moi.

TITUS.

Je suis perdu, c'est elle.

SCENE III.

TITUS, MESSALA, TULLIE, ALGINE.

ALGINE.

On vous attend, madame.

TULLIE.

Ah! sentence cruelle!
L'ingrat me touche encore, & Brutus à mes yeux,
Paraît un dieu terrible armé contre nous deux.
J'aime, je crains, je pleure, & tout mon cœur s'égare,
Allons...

TITUS.

Non, demeurez. Daignez du moins...

TULLIE.

Barbare!
Veux-tu par tes discours?...

TITUS.

Ah! dans ce jour affreux,
Je sais ce que je dois, & non ce que je veux ;
Je n'ai plus de raison, vous me l'avez ravie.
Eh bien! guidez mes pas, gouvernez ma furie ;
Régnez donc en tyran sur mes sens éperdus ;

Dictez, si vous l'osez, les crimes de Titus.
Non, plutôt que je livre aux flammes, au carnage,
Ces murs, ces citoyens, qu'a sauvés mon courage,
Qu'un père abandonné par un fils furieux,
Sous le fer de Tarquin...

TULLIE.

M'en préservent les dieux.
La nature te parle, & sa voix m'est trop chère ;
Tu m'as trop bien appris à trembler pour un père ;
Rassure-toi, Brutus est désormais le mien ;
Tout mon sang est à toi, qui te répond du sien :
Notre amour, mon hymen, mes jours en sont le gage ;
Je serai dans tes mains, sa fille, son ôtage ;
Peux-tu déliberer ? Penses-tu qu'en secret
Brutus te vit au trône avec tant de regret ?
Il n'a point sur son front placé le diadême ;
Mais sous un autre nom n'est-il pas roi lui-même ?
Son regne est d'une année, & bientôt... mais hélas!
Que de faibles raisons ! si tu ne m'aimes pas.
Je ne dis plus qu'un mot. Je pars... & je t'adore.
Tu pleures, tu frémis, il en est tems encore ;
Acheve, parle, ingrat, que te faut-il de plus ?

TITUS.

Votre haine ; elle manque au malheur de Titus.

TULLIE.

Ah ! c'est trop essuyer tes indignes murmures,
Tes vains engagemens, tes plaintes, tes injures ;
Je te rends ton amour dont le mien est confus,
Et tes trompeurs sermens, pires que tes refus.
Je n'irai point chercher au fond de l'Italie
Ces fatales grandeurs que je te sacrifie,
Et pleurer loin de Rome entre les bras d'un roi,
Cet amour malheureux que j'ai senti pour toi.
J'ai réglé mon destin ; Romain, dont la rudesse
N'affecte de vertu que contre ta maitresse,
Héros pour m'accabler, timide à me servir,

Incertain dans tes vœux, apprends à les remplir.
Tu verras qu'une femme à tes yeux méprisable,
Dans ses projets au moins était inébranlable;
Et par la fermeté dont ce cœur est armé,
Titus, tu connaîtras comme il t'aurait aimé.
Au pied de ces murs même où régnaient mes ancêtres,
De ces murs que ta main défend contre leurs maîtres,
Où tu m'oses trahir, & m'outrager comme eux,
Où ma foi fut séduite, où tu trompas mes feux;
Je jure à tous les dieux qui vengent les parjures,
Que mon bras dans mon sang effaçant mes injures,
Plus juste que le tien, mais moins irrésolu,
Ingrat, va me punir de t'avoir mal connu;
Et je vais...

TITUS *l'arrêtant.*

Non, madame, il faut vous satisfaire;
Je le veux, j'en frémis, & j'y cours pour vous plaire:
D'autant plus malheureux que, dans ma passion,
Mon cœur n'a pour excuse aucune illusion,
Que je ne goûte point dans mon désordre extrême,
Le triste & vain plaisir de me tromper moi-même;
Que l'amour aux forfaits me force de voler,
Que vous m'avez vaincu sans pouvoir m'aveugler;
Et qu'encore indigné de l'ardeur qui m'anime,
Je cheris la vertu, mais j'embrasse le crime.
Haïssez-moi, fuyez, quittez un malheureux,
Qui meurt d'amour pour vous, & déteste ses feux;
Qui va s'unir à vous sous ces affreux augures,
Parmi les attentats, le meurtre & les parjures.

TULLIE.

Vous insultez, Titus, à ma funeste ardeur;
Vous sentez à quel point vous régnez dans mon cœur:
Oui, je vis pour toi seul, oui, je te le confesse;
Mais malgré ton amour, mais malgré ma faiblesse,
Apprends que le trépas m'inspire moins d'effroi
Que la main d'un époux qui craindrait d'être à moi;

Qui se repentirait d'avoir servi son maître ;
Que je fais souverain, & qui rougit de l'être.
Voici l'instant affreux qui va nous éloigner ;
Souviens-toi que je t'aime, & que tu peux régner ;
L'ambassadeur m'attend, consulte, délibère,
Dans une heure avec moi tu reverras mon père ;
Je pars, & je reviens sous ces murs odieux,
Pour y rentrer en reine, ou perir à tes yeux.

TITUS.

Vous ne perirez point. Je vais

TULLIE.

Titus, arrête,
En me suivant plus loin, tu hazardes ta tête ;
On peut te soupçonner : demeure, adieu, résous
D'être mon meurtrier ou d'être mon époux.

SCENE IV.

TITUS *seul.*

TU l'emportes, cruelle, & Rome est asservie,
Reviens régner sur elle ainsi que sur ma vie ;
Reviens, je vais me perdre, ou vais te couronner,
Le plus grand des forfaits est de t'abandonner.
Qu'on cherche Messala ; ma fougueuse imprudence
A de son amitié lassé la patience ;
Maîtresse, amis, Romains, je perds tout en un jour.

SCENE V.

TITUS, MESSALA.

TITUS.

Sers ma fureur enfin, fers mon fatal amour;
Viens, fuis-moi.

MESSALA.

Commandez, tout eft prêt; mes cohortes
Sont au mont quirinal, & livreront les portes;
Tous nos braves amis vont jurer avec moi
De reconnaître en vous l'heritier de leur roi.
Ne perdez point de tems, déjà la nuit plus fombre
Voile nos grands deffeins du fecret de fon ombre.

TITUS.

L'heure approche. Tullie en compte les momens...
Et Tarquin après tout eut mes premiers fermens.
Le fort en eft jetté.

Le fond du théâtre s'ouvre.

Que vois-je! c'eft mon père.

SCENE VI.

BRUTUS, TITUS, MESSALA, LICTEURS.

BRUTUS.

Viens, Rome eſt en danger ; c'eſt en toi que j'eſpère.
Par un avis ſecret le ſénat eſt inſtruit
Qu'on doit attaquer Rome au milieu de la nuit.
J'ai brigué pour mon ſang, pour le héros que j'aime,
L'honneur de commander dans ce peril extrême :
Le ſénat te l'accorde, arme-toi, mon cher fils,
Une ſeconde fois va ſauver ton pays ;
Pour notre liberté va prodiguer ta vie ;
Va, mort ou triomphant tu feras mon envie.

TITUS.

Ciel !...

BRUTUS.

Mon fils !...

TITUS.

Remettez, ſeigneur, en d'autres mains
Les faveurs du ſénat, & le ſort des Romains.

MESSALA.

Ah ! quel déſordre affreux de ſon ame s'empare !

BRUTUS.

Vous pourriez refuſer l'honneur qu'on vous prépare !

TITUS.

Qui ? Moi, ſeigneur ?

BRUTUS.

Eh quoi ! votre cœur égaré
Des refus du ſénat eſt encore ulceré ?
De vos prétentions je vois les injuſtices.

Ah ! mon fils, eſt-il tems d'écouter vos caprices ?
Vous avez ſauvé Rome, & n'êtes pas heureux ?
Cet immortel honneur n'a pas comblé vos vœux ?
Mon fils au conſulat a-t-il oſé prétendre,
Avant l'âge où les loix permettent de l'attendre ?
Va, ceſſe de briguer une injuſte faveur ;
La place où je t'envoye eſt ton poſte d'honneur.
Va, ce n'eſt qu'aux tyrans que tu dois ta colère ;
De l'état & de toi je ſens que je ſuis père.
Donne ton ſang à Rome, & n'en exige rien ;
Sois toujours un héros, ſois plus, ſois citoyen.
Je touche, mon cher fils, au bout de ma carrière ;
Tes triomphantes mains vont fermer ma paupière ;
Mais ſoutenu du tien, mon nom ne mourra plus,
Je renaîtrai pour Rome, & vivrai dans Titus.
Que dis-je ? je te ſuis. Dans mon âge débile
Les dieux ne m'ont donné qu'un courage inutile ;
Mais je te verrai vaincre, ou mourrai comme toi,
Vengeur du nom Romain, libre encore & ſans roi.

TITUS.

Ah ! Meſſala.

SCENE VII.

BRUTUS, VALERIUS, TITUS, MESSALA.

VALERIUS.

Seigneur, faites qu'on ſe retire.

BRUTUS *à ſon fils.*

Cours, vole...

Titus & Meſſala ſortent.

VALERIUS.

On trahit Rome.

BRUTUS.

Ah ! qu'entends-je ?

VALERIUS.

On conſpire.
Je n'en ſaurais douter, on nous trahit, ſeigneur.
De cet affreux complot j'ignore encor l'auteur ;
Mais le nom de Tarquin vient de ſe faire entendre,
Et d'indignes Romains ont parlé de ſe rendre.

BRUTUS.

Des citoyens Romains ont demandé des fers !

VALERIUS.

Les perfides m'ont fui par des chemins divers ;
On les ſuit. Je ſoupçonne & Ménas & Lélie,
Ces partiſans des rois & de la tyrannie,
Ces ſecrets ennemis du bonheur de l'état,
Ardens à déſunir le peuple & le ſénat.
Meſſala les protège, & dans ce trouble extrême,
J'oſerais ſoupçonner juſqu'à Meſſala même,
Sans l'étroite amitié dont l'honore Titus.

BRUTUS.

Obſervons tous leurs pas, je ne puis rien de plus ;
La liberté, la loi, dont nous ſommes les pères,
Nous défend des rigueurs peut-être néceſſaires.
Arrêter un Romain ſur de ſimples ſoupçons,
C'eſt agir en tyrans, nous qui les puniſſons.
Allons parler au peuple, enhardir les timides,
Encourager les bons, étonner les perfides :
Que les pères de Rome & de la liberté,
Viennent rendre aux Romains leur intrépidité ;
Quels cœurs en nous voyant ne reprendront courage ?
Dieux ! donnez-nous la mort plutôt que l'eſclavage.
Que le ſénat nous ſuive.

SCENE VIII.

BRUTUS, VALERIUS, PROCULUS.

PROCULUS.

Un esclave, seigneur,
D'un entretien secret implore la faveur.

BRUTUS.

Dans la nuit ? A cette heure ?

PROCULUS.

Oui, d'un avis fidelle
Il apporte, dit-il, la pressante nouvelle.

BRUTUS.

Peut-être des Romains le salut en dépend.
Allons, c'est le trahir que tarder un moment.

A Proculus.

Vous, allez vers mon fils ; qu'à cette heure fatale
Il défende sur-tout la porte quirinale ;
Et que la terre avoue, au bruit de ses exploits,
Que le sort de mon sang est de vaincre les rois.

Fin du quatriéme Acte.

ACTE V.

SCENE PREMIERE.

BRUTUS, les SÉNATEURS, PROCULUS, LICTEURS, l'Esclave, VINDEX.

BRUTUS.

OUI, Rome n'était plus ; oui, sous la tyrannie
L'auguste liberté tombait anéantie.
Vos tombeaux se rouvraient ; c'en était fait ; Tarquin
Rentrait dès cette nuit la vengeance à la main.
C'est cet ambassadeur, c'est lui dont l'artifice
Sous les pas des Romains creusait ce précipice.
Enfin, le croirez-vous ? Rome avait des enfans
Qui conspiraient contr'elle, & servaient les tyrans ;
Messala conduisait leur aveugle furie ;
A ce perfide Arons il vendait sa patrie.
Mais le ciel a veillé sur Rome & sur vos jours.
Cet esclave a d'Arons écouté les discours !

En montrant l'esclave.

Il a prévu le crime, & son avis fidèle
A reveillé ma crainte, a ranimé mon zèle.
Messala, par mon ordre arrêté cette nuit,
Devant vous à l'instant allait être conduit.
J'attendais que du moins l'appareil des supplices,
De sa bouche infidèle arrachât ses complices.

Mes licteurs l'entouraient, quand Messala soudain,
Saisissant un poignard qu'il cachait dans son sein,
Et qu'à vous, sénateurs, il destinait peut-être :
Mes secrets, a-t-il dit, que l'on cherche à connaître,
C'est dans ce cœur sanglant qu'il faut les découvrir,
Et qui sait conspirer, sait se taire & mourir.
On s'écrie, on s'avance, il se frappe, & le traître
Meurt encore en Romain, quoiqu'indigne de l'être.
Déjà des murs de Rome Arons était parti,
Assez loin vers le camp nos gardes l'ont suivi ;
On arrête à l'instant Arons avec Tullie.
Bientôt, n'en doutez point, de ce complot impie
Le ciel va découvrir toutes les profondeurs ;
Publicola par-tout en cherche les auteurs.
Mais quand nous connaîtrons le nom des parricides,
Prenez garde, Romains, point de grace aux perfides:
Fussent-ils nos amis, nos freres, nos enfans,
Ne voyez que leur crime, & gardez vos sermens.
Rome, la liberté, demandent leur supplice ;
Et qui pardonne au crime en devient le complice.

A l'esclave.

Et toi, dont la naissance & l'aveugle destin
N'avait fait qu'un esclave, & dut faire un Romain,
Par qui le sénat vit, par qui Rome est sauvée,
Reçois la liberté que tu m'as conservée,
Et prenant désormais des sentimens plus grands,
Sois l'égal de mes fils, & l'effroi des tyrans.
Mais qu'est-ce que j'entends ? Quelle rumeur soudaine ?

PROCULUS,

Arons est arrêté, seigneur, & je l'amène.

BRUTUS.

De quel front pourra-t-il ? ....

SCENE II.

BRUTUS, les SÉNATEURS, ARONS, LICTEURS.

ARONS.

Jusques à quand, Romains,
Voulez-vous profaner tous les droits des humains ?
D'un peuple révolté conseils vraiment sinistres,
Pensez-vous abaisser les rois dans leurs ministres ?
Vos licteurs insolens viennent de m'arrêter ;
Est-ce mon maître ou moi que l'on veut insulter ?
Et chez les nations ce rang inviolable...

BRUTUS.

Plus ton rang est sacré, plus il te rend coupable ;
Cesse ici d'attester des titres superflus.

ARONS.

L'ambassadeur d'un roi...

BRUTUS.

Traître, tu ne l'es plus :
Tu n'es qu'un conjuré, paré d'un nom sublime,
Que l'impunité seule enhardissait au crime.
Les vrais ambassadeurs, interprètes des loix,
Sans les déshonorer savent servir leurs rois ;
De la foi des humains discrets dépositaires,
La paix seule est le fruit de leurs saints ministères ;
Des souverains du monde ils sont les nœuds sacrés,
Et par-tout bienfaisans, sont par-tout révérés.

A ces traits, si tu peux, ose te reconnaître;
Mais si tu veux au moins rendre compte à ton maître
Des ressorts, des vertus, des loix de cet état,
Comprends l'esprit de Rome, & connais le sénat.
Ce peuple auguste & saint fait respecter encore
Les loix des nations que ta main déshonore;
Plus tu les méconnais, plus nous les protégeons,
Et le seul châtiment qu'ici nous t'imposons,
C'est de voir expirer les citoyens perfides,
Que liaient avec toi leurs complots parricides.
Tout couvert de leur sang répandu devant toi,
Va d'un crime inutile entretenir ton roi,
Et montre en ta personne aux peuples d'Italie
La sainteté de Rome, & ton ignominie.
Qu'on l'emmène, licteurs!

SCENE III.

LES SÉNATEURS, BRUTUS, VALERIUS, PROCULUS.

BRUTUS.

Eh bien! Valerius,
Ils sont saisis sans doute, ils sont au moins connus?
Quel sombre & noir chagrin, couvrant votre visage,
De maux encor plus grands semble être le présage?
Vous frémissez.

VALERIUS.

Songez que vous êtes Brutus.

BRUTUS.

Expliquez-vous...

VALERIUS.

Je tremble à vous en dire plus.

Il lui donne des tablettes.

Voyez, ſeigneur, liſez; connaiſſez les coupables.

BRUTUS *prenant les tablettes.*

Me trompez-vous, mes yeux? O jours abominables!
O père infortuné! Tiberinus! mon fils!
Sénateurs, pardonnez... le perfide eſt-il pris?

VALERIUS.

Avec deux conjurés il s'eſt oſé défendre;
Ils ont choiſi la mort plutôt que de ſe rendre;
Percé de coups, ſeigneur, il eſt tombé près d'eux:
Mais il reſte à vous dire un malheur plus affreux,
Pour vous, pour Rome entière, & pour moi plus ſenſible.

BRUTUS.

Qu'entends-je?

VALERIUS.

Reprenez cette liſte terrible,
Que chez Meſſala même a ſaiſi Proculus.

BRUTUS.

Liſons donc... je frémis, je tremble, ciel! Titus!

Il ſe laiſſe tomber entre les bras de Proculus.

VALERIUS.

Aſſez près de ces lieux je l'ai trouvé ſans armes,
Errant, déſeſperé, plein d'horreur & d'allarmes;

Peut-être il déteſtait cet horrible attentat.

BRUTUS.

Allez, pères conſcrits, retournez au ſénat.
Il ne m'appartient plus d'oſer y prendre place ;
Allez, exterminez ma criminelle race ;
Puniſſez-en le père, & juſques dans mon flanc,
Recherchez ſans pitié la ſource de leur ſang.
Je ne vous ſuivrai point, de peur que ma préſence
Ne ſuſpendît de Rome, ou fléchît la vengeance.

SCENE IV.

BRUTUS.

GRANDS dieux! à vos décrets tous mes vœux ſont ſoumis :
Dieux vengeurs de nos loix, vengeurs de mon pays,
C'eſt vous qui par mes mains fondiez ſur la juſtice,
De notre liberté l'éternel édifice.
Voulez-vous renverſer ſes ſacrés fondemens ?
Et contre votre ouvrage armez-vous mes enfans ?
Ah! que Tiberinus en ſa lâche furie
Ait ſervi nos tyrans, ait trahi ſa patrie,
Le coup en eſt affreux : le traître était mon fils.
Mais, Titus! un héros, l'amour de ſon pays,
Qui dans ce même jour, heureux & plein de gloire,
A vu par un triomphe honorer ſa victoire ;
Titus, qu'au Capitole ont couronné mes mains,
L'eſpoir de ma vieilleſſe, & celui des Romains ?
Titus! dieux!

SCENE V.

BRUTUS, VALERIUS, Suite, LICTEURS.

VALERIUS.

Du sénat la volonté suprême
Est que sur votre fils vous prononciez vous-même.

BRUTUS.

Moi?

VALERIUS.

Vous seul.

BRUTUS.

Et du reste en a-t-il ordonné?

VALERIUS.

Des conjurés, seigneur, le reste est condamné;
Au moment où je parle ils ont vécu peut-être.

BRUTUS.

Et du sort de mon fils le sénat me rend maître?

VALERIUS.

Il croit à vos vertus devoir ce rare honneur.

BRUTUS.

O patrie!

VALERIUS.

Au sénat que dirai-je, seigneur?

BRUTUS.

Que Brutus voit le prix de cette grace insigne,
Qu'il ne la cherchait pas... mais qu'il s'en rendra digne...
Mais mon fils s'est rendu sans daigner résister;
Il pourrait... pardonnez si je cherche à douter;
C'était l'appui de Rome, & je sens que je l'aime.

VALERIUS.

Seigneur, Tullie...

BRUTUS.

Eh bien!...

VALERIUS.

Tullie au moment même
N'a que trop confirmé ces soupçons odieux.

BRUTUS.

Comment, seigneur.

VALERIUS.

A peine elle a revu ces lieux,
A peine elle apperçoit l'appareil des supplices,
Que sa main consommant ces tristes sacrifices,
Elle tombe, elle expire, elle immole à nos loix
Ce reste infortuné de nos indignes rois.
Si l'on nous trahissait, seigneur, c'était pour elle.
Je respecte en Brutus la douleur paternelle;
Mais tournant vers ces lieux ses yeux appesantis,
Tullie en expirant a nommé votre fils.

BRUTUS.

Justes dieux!

VALERIUS.

C'eſt à vous à juger de ſon crime.
Condamnez, épargnez, ou frappez la victime.
Rome doit approuver ce qu'aura fait Brutus.

BRUTUS.

Licteurs, que devant moi l'on amène Titus.

VALERIUS.

Plein de votre vertu, ſeigneur, je me retire;
Mon eſprit étonné vous plaint & vous admire;
Et je vais au ſénat apprendre avec terreur
La grandeur de votre ame & de votre douleur.

SCENE VI.

BRUTUS, PROCULUS.

BRUTUS.

NON, plus j'y penſe encore, & moins je m'imagine
Que mon fils des Romains ait tramé la ruine.
Pour ſon père & pour Rome il avait trop d'amour;
On ne peut à ce point s'oublier en un jour.
Je ne le puis penſer; mon fils n'eſt point coupable.

PROCULUS.

Meſſala, qui forma ce complot déteſtable,
Sous ce grand nom peut-être a voulu ſe couvrir;
Peut-être on hait ſa gloire, on cherche à la flétrir.

BRUTUS.

Plût au ciel!

PROCULUS.

De vos fils c'eſt le ſeul qui vous reſte ;
Qu'il ſoit coupable ou non, de ce complot funeſte,
Le ſénat indulgent vous remet ſes deſtins ;
Ses jours ſont aſſurés puiſqu'ils ſont dans vos mains.
Vous ſaurez à l'état conſerver ce grand homme ;
Vous êtes père enfin.

BRUTUS.

Je ſuis conſul de Rome.

SCENE VII.

BRUTUS, PROCULUS, TITUS,
dans le fond du théâtre avec des Licteurs.

PROCULUS.

Le voici.

TITUS.

C'eſt Brutus ! ô douloureux momens !
O terre entr'ouvre-toi ſous mes pas chancelans !
Seigneur, ſouffrez qu'un fils...

BRUTUS.

Arrête, téméraire.
De deux fils que j'aimai les dieux m'avoient fait père,
J'ai perdu l'un. Que dis-je ? ah ! malheureux Titus !
Parle, ai-je encore un fils ?

TITUS.

Non, vous n'en avez plus.

BRUTUS.

Réponds donc à ton juge, opprobre de ma vie!

Il s'assied.

Avais-tu résolu d'opprimer ta patrie,
D'abandonner ton père au pouvoir absolu,
De trahir tes sermens?

TITUS.

Je n'ai rien résolu;
Plein d'un mortel poison dont l'horreur me dévore;
Je m'ignorais moi-même, & je me cherche encore;
Mon cœur encor surpris de son égarement,
Emporté loin de soi, fut coupable un moment;
Ce moment m'a couvert d'une honte éternelle,
A mon pays que j'aime il m'a fait infidelle:
Mais, ce moment passé, mes remords infinis
Ont égalé mon crime, & vengé mon pays.
Prononcez mon arrêt. Rome, qui vous contemple,
A besoin de ma perte, & veut un grand exemple,
Par mon juste supplice il faut épouvanter
Les Romains, s'il en est qui puissent m'imiter.
Ma mort servira Rome autant qu'eût fait ma vie,
Et ce sang en tout tems utile à sa patrie,
Dont je n'ai qu'aujourd'hui souillé la pureté,
N'aura coulé jamais que pour la liberté.

BRUTUS.

Quoi! tant de perfidie avec tant de courage?
De crimes, de vertus, quel horrible assemblage!
Quoi! sur ces lauriers même, & parmi ces drapeaux,
Que son sang à mes yeux rendait encor plus beaux!
Quel démon t'inspira cette horrible inconstance?

TITUS.

Toutes les passions, la soif de la vengeance,
L'ambition, la haine, un instant de fureur...

BRUTUS.

Achève, malheureux.

TITUS.

Une plus grande erreur,
Un feu qui de mes ſens eſt même encor le maitre,
Qui fit tout mon forfait, qui l'augmente peut-être.
C'eſt trop vous offenſer par cet aveu honteux,
Inutile pour Rome, indigne de nous deux.
Mon malheur eſt au comble ainſi que ma furie;
Terminez mes forfaits, mon déſeſpoir, ma vie,
Votre opprobre & le mien. Mais ſi dans les combats
J'avais ſuivi la trace où m'ont conduit vos pas,
Si je vous imitai, ſi j'aimai ma patrie,
D'un remords aſſez grand ſi ma rage eſt ſuivie;

Il ſe jette à genoux.

A cet infortuné daignez ouvrir les bras;
Dites du moins, mon fils, Brutus ne te hait pas.
Ce mot ſeul me rendant mes vertus & ma gloire,
De la honte où je ſuis défendra ma mémoire.
On dira que Titus, deſcendant chez les morts,
Eut un regard de vous pour prix de ſes remords:
Que vous l'aimiez encore, & que, malgré ſon crime,
Votre fils dans la tombe emporta votre eſtime.

BRUTUS.

Son remords me l'arrache. O Rome! ô mon pays!
Proculus... à la mort que l'on mène mon fils.
Leve-toi, triſte objet d'horreur & de tendreſſe,
Leve-toi, cher appui qu'eſperait ma vieilleſſe:
Viens embraſſer ton pere: il t'a dû condamner;
Mais, s'il n'était Brutus, il t'allait pardonner.
Mes pleurs, en te parlant inondent ton viſage:
Va, porte à ton ſupplice un plus mâle courage;

Va, ne t'attendris point, sois plus Romain que moi,
Et que Rome t'admire en se vengeant de toi.

TITUS.

Adieu, je vais perir, digne encor de mon père.

On l'emmene.

SCENE VIII.

BRUTUS, PROCULUS.

PROCULUS.

SEIGNEUR, tout le sénat dans sa douleur sincère,
En frémissant du coup qui doit vous accabler...

BRUTUS.

Vous connaissez Brutus, & l'osez consoler?
Songez qu'on nous prépare une attaque nouvelle;
Rome seule a mes soins, mon cœur ne connaît qu'elle.
Allons, que les Romains dans ces momens affreux
Me tiennent lieu du fils que j'ai perdu pour eux;
Que je finisse au moins ma déplorable vie,
Comme il eût dû mourir, en vengeant la patrie.

SCENE DERNIERE.

BRUTUS, PROCULUS, un SÉNATEUR.

LE SENATEUR.

Seigneur...

BRUTUS.

Mon fils n'est plus?

LE SENATEUR.

C'en est fait... & mes yeux...

BRUTUS.

Rome est libre. Il suffit... Rendons graces aux dieux.

Fin du cinquième & dernier Acte.

www.ingramcontent.com/pod-product-compliance
Lightning Source LLC
LaVergne TN
LVHW020418230826
846091LV00004B/1313

* 9 7 8 2 0 1 9 7 0 9 6 0 0 *